이광범 두번째 시 수필집

처마아래
적당한 가을이
드리웠다

jB 제이비

차 례

| 시 편

┃수필편

서 문

작년 입추에 어물거리다 겨울이 오고 봄을 지나 초여름에 들어섭니다. 마음을 조급하게 서두르며 첫눈 내릴 무렵이면 시집을 독자에게 선 뵐 수 있으려니 때를 놓쳐서 공친 것 같아 아쉬움을 저버릴 수가 없었습니다.

시 밴드에 열심히 방문하며 올려본 시들 중에서 이거 괜찮구나 내어 보이기에 그래도 부끄럽지 않겠구나 하던 작품들과 시집 출간하기 전에 다 공개해선 안된다는 나름의 비밀 유지를 위해 아껴두었던 작품들을 선별 퇴고하여 저의 두번째 시·수필집을 꾸려 보았습니다.

살아가면서 늘 마음에 새기는 격언이 몇 가지가 있는데 첫째가 일체유심조이고, 둘째가 진인사대천명입니다. 열심히 노력하며 창작의 열정을 불태웠습니다. 보는 이에 따라선 글이 움직이는 거 같네 그렇게 감동으로 읽힌다면 더는 바랄 욕심이 없으리라 자신을 위안해 봅니다.

아무쪼록 여러분의 많은 격려와 응원이 함께 하길 바래봅니다.

2021년 8월 05일

이 광 범 배상

| 이광범의 두번째 시·수필집 |

시 편

꽈리꽃

연약해 보일 듯이
수줍어한다
산골 소녀의 볼이 희다
분을 몰래 덧바른 모습이
풀 섶에 금방 뒤 숨을 듯하다
나비야 날아와 머리위에 곱게 앉아라
리본이 되렴
무르익어 입술에 열매가 들면
앞니와 혀 사이에서
신바람 난다
그리도 좋으냐
사랑가 한 구절 소리 애달파진다

여전하시다

봉분에 솟아나온
제비꽃 무더기
쑥쓰럼을 슬며시
이파리 그림자에 감춘다
햇살 중천인데
아부지
언제나 취침중이시다
영면하시며
멋진 꿈을 꾸시는 것 같다
한쪽 무릎을 구부리시고
꽃 한다발
구애를 내미신다
어느 여인일까
몹시 궁금해진다

기압골

뇌리에 얽힌 촉수 끝이
눅눅하던 수분을 버리네
건조해지려 변신을 모색 한다
저기압을 지나
하강 공기 고밀도의 미립자에
들어서려는 순간
서서히 땅 위의 표정이 밝아져 온다

해가 한가운데 들어서서
꽃송이 화사하게 웃는다
산마루에 걸린 흰구름이
솜처럼 세상을 어루만진다
바람과 물소리
갈대에 앉은 개개비의 목청이
소란도 하다

화양강
물비린내
낮게 수면에 앉아 날도래 날개 치기 전
비 설
그때 까지는

타투 전문가

길가에 접시꽃
허공을 탄다
눈 그네에 앉아 옷자락을 하늘거린다
흔들리는 걸 보면
바람 한 점 없는데 빈 가슴에 들었구나
마음은 잔물결을 따라 간지러움 발끝 차인다
흘금흘금 등 뒤로 하여도 여전히 저만치 앞에서
피어 있는
꽃
쇄골 아래의 어디쯤
옷 속에 덮인 문신 같구나

그가 길목에서 아장거린다

요즘 양지쪽에
겨울 옆구리 김밥 터졌습니다
사찰 입구에 철쭉 가지마다
잎 눈이
새 손톱처럼 돋아납니다
절전을 망각하였나 봅니다
천장 온풍기에서 열기 쏟아져와
한동네가 따스합니다
객이 솟을대문을 조심스레 열며
들어설까 망설입니다
봄이 성큼 문밖에 다가서 방실댑니다
그를 잡아당기어 집안에 끌어들이고
싶지만
목줄 걸 데가 없었습니다
어서 오라고 혀끝을 차대며 걸음마 유도하지만
강아지 비슷한 착각일 뿐이랍니다
이리로 오기는 오는데 영 제멋대로 뒤뚱댑니다

혼례식

못을 제단목에 대고
망치로 탁탁 두드림은
깊이 들어가 고정시키려는
완성의 뜻일 것이다
오래도록 두 가지를
하나의 가구로 만드는 비결이다
빈틈없이 의도에 맞추려는
격식 뒤에 감춘
계획이기도 하다

첫날밤
평생 둘이 머물 둥지 한채 지었다

해금 내 흐르는 곳,
고추장 풀어 질금을 띄운다

화양강 가에
작은집 짓고
한여름
냇가에 나가 족대 질을 한다
그늘진 곳에 찾아 들어가
큰 돌덩이에 엉덩이 앉히고
모닥불에 적당한 냄비를 올리지
매운탕 끓이어
둘러앉아 쐬주 한잔
목에 기울이면
흐르던 시간도
옛 기억에 수평이 되어서 잠시
멈추지 않을까

다시 되돌리려는 것

넓은 강물은 태연한 듯 급할 것 없어 보이나
속으로 유속이 있고
구름은 하늘에 펴놓은 양탄자와 같으나
바람의 부딪침에 밀림이 끈다
정지된 산 중 암반은 고정 사물 일지라도
지각변동의 세월에 덧없이 배처럼 떠내려간다
누군가를 보내는 마음이야 청천벽력 이지만
언젠가는 어느 별에서 다시 만나게 될 날들을
기약하기 위함이라면 좋겠다
억겁의 세월을 힘주어 삼키려 한다
윤회의 그림자가 무척이나 길어 끝을 놓친다

철물점에서 나눈 점심

간짜장 2인분 시켜놓고 마주 앉아 성찬이라
밑반찬이 접시 위에 치장하고 맵시 나게 누웠더라
단무지 집어 오면 양파 두어 개 애인처럼 데려간다
젓가락 오고 가며 허기진 배에 포만감이 차오른다
고량주 하나 시켰더라면 눈치에 마주 보며 아쉽다

피로야 물렀거라

어느 도시를 가나
골목 어디쯤
퇴근길이란 간판을 달고
주점 하나 호객하듯
앉아 있지요
선술집에서
지인과 함께
마주 앉으면
시간에
소금을 적당히 친 것처럼
그러한 간간한 맛은
어디에 없지요

하루가
윙크하는 줄 알았었지
한 잔 꺾으며
눈가에 주름살 가지 치는 줄
누가 알기나 했을까요

망부석

흐르는 물길을 막을 수 없지만
멍울을 잘 어루만지면
눈물 닦아내는 일이야
그리 어려운 것은 아니다
다만
오래 견딜지 아무도 모르는 게
탈이다

불어가는 바람을 멈출 수 없지만
사무침을 잘 다독거리면
갈대처럼 흔들리는 마음이야
쉽사리 붙잡을 수 있다
잠시 방심하는 사이에 다시 쓰러져
고개가 땅 닿을까 싶어
탈이다

만년 바위처럼
전설을 품고 우뚝 선다면 그뿐일까
때론
그러고 싶다

동강 할미꽃

꽃도 꽃 나름이지
벼랑의 바위틈을 비집고 얼굴 내미는데
조마조마한 위험이 멋스러움에 빠졌다니까
글쎄

할미꽃 사진을 보다가
강물에 띄운 종이배처럼
기다림이 가득히 실려서
맥없이 떠내려감을 목격하고 말았다니까
글쎄

얼마나 머리 무거우면 저리 고개가 활처럼 휘나
아직은 솜털 뽀송뽀송한 걸 발견하니
너희들, 비린내 물씬 풍기는 애송이었구나
글쎄

그 은혜 감사합니다

옷을 세탁하려고 솔로 문지른다
검은 물이 깔개 장판에 배어 나온다
겉으로 보기에 멀쩡한데
세제를 뿌려 비비려니까
묻은 이물질이 못이기어 드러난다
땟물이 멍 같기도 하다
천이 짙은 색상일수록 얼룩이 뜨이지 않는다
어찌 보면 부모님의 속내 같았다
두 분은
태연하게 늘 그렇게 살으셨다

먼지 같은 시간들

나비의 날으는 모습은
발길에 차이는 새털 같아요
꽃송이에 앉는 모습은
고양이 발 같지요

세월이 사람에게 앉는 자세는
진공에서 떨어지는
솜과 볼링공의 낙하속도 같습니다
바닥에 충돌하고 나면
천양지차 결과를 확인합니다

나는 어여쁜 꽃으로 피어나고 싶어요
할 수 있는 일이라곤 글 농사입니다
시어를 땅에 묻고 물을 뿌려요
거름을 잘 시비하여
건강한 체질을 만들어야 합니다

볕 잘 드는 양지에
올곧은 자리를 만들어야 됩니다
잘 자라나 튼실하게 씨앗을 맺으면
홀씨는 멀리 시공을 납니다
가보지 않은 곳에 도착하여
새로운 싹을 다시 틔웁니다

살다 보니 범생이가 됐다

돈가스를 썰다 보면 결을 넣는다
칼집을 내어 먹기 좋게 조각을 만든다
돼지고기는 얇게 포가 되어서는
방향을 잡는 식객의 의도에 따라
입에 넣기 좋게 길드는 것이다
돼지가 살아서는 천방지축이었지 아마
청개구리가 어머니 돌아가시고 나서야
말 고분고분 듣는 효자가 되었다지 아마
돼지는 죽고 나니까 나에게 열반처럼 군다
아버지 어머니 살아생전의 모습이 떠오른다
고아가 되는 일이지 않은가
오늘은
나도 기죽은 거냐고, 동병상련의
기분이 드는 것이었다

우산

그의 관심이 떠나가고 난 이후로
비를 바라보는 나는 전혀
말을 잇지 못했다
베란다
구석의 벽에 기대어 살짝 기울어진 채
먼지에 온몸이 젖어들기를 반복한다
비가 내리는 날
그가
우산을 들고서 행길에 나선다면
제 구실 하는 존재감에
콧노래가 흥을 두드리겠다

가까이 있는 사람은
즐거움을 안기지만
먼 사람은 기다림을 부른다
오래도록 면벽을 하려니까
척추에 통증이 밀려온다
고압전류의 감전 같아서
가시가 들어오듯 뼈속을 깊이 찌른다

연리지

한적한 숲 속에서
커다란 소나무가 마주보고 포옹한다
사람과 유사한 흉내를 낸다
우연히 목격했다
벌건 대낮이 불덩이 같다
불길 없는 것을 보면 은밀함이 담겼다
첫날 밤 신방 문창호지 손구멍 같다
저 속은 아궁이었을 게다
몰래 훔쳐보는 이 상황은 무얼까
마른 목젖이 숨죽이듯 넘어간다
분명히 활활 타오르고 있다
어찌 보면 입술과 입술이 포개진 것 같고
억수로 부둥켜안은 행위 같다
저 엉겨버린 접점을 통해
정분이 물 흐르는 듯했다
솔가지 떠는 걸 위장하려 바람이 분다
신기한 나무 한 쌍의 별난 자태에
흘금 저의 곁을 넌지시 엿보았다

차 (茶)

차 통에서
찻잎이 설레이는 소리
손으로 들어
무료함을 잠시 달래는 몸짓
숙우에 끓는 물을 담으니
적당히란 말이
미각을 긴장케 하고
후각을 전율케 한다
다관의 뚜껑을 열어 묵언을 넣는다
메말랐던 긴 침묵이
연못의 수련처럼 생기 있게 피어난다
조심스럽게
당신에게 차를 따르고
서로 마주하며 맑게 부딪치는 미소
마지막 차 한 방울처럼
눈속으로 떨어진다
둘이서
찻잔을 온통 비우면
심방에 가득히 차오르는
온기

불이문을 지나다

전나무 숲에 들어서면 길 양쪽에
아름드리나무들이 즐비하다
입술을 걸은 채로 말 없이 월정사로 향한다
칠팔십 평생을 저들은 이렇게 살아왔다
사람이 이 길을 걸어가므로
전나무가 사람들 사이로 움직이게 하는 것이다
착각이 주객을 뒤바꾼다 한들
나무들은 그저 빙긋이 낯을 웃으며
모두 반겨 줄 따름이었다
처음에는 누군가 땅위에 전나무를 꽂았을
식목의 일이다
저들은 사람들 가슴속에 깊은 세월의 웅장함을
우뚝 세우고 있다
의도는 미래를 기획하는 건축술의 한 설계도였다
무럭무럭 자라나
높고 큰 지붕의 세계로 정중히 미로를
안내하고 있었다

답장 한 통

날씨는 흐리지만
마음은 온종일 맑음이길
바란다
당신에게
대답을 공손하게 던진다
세상에서 가장 살뜰한
속삭임으로 읽혀졌으면
좋겠다

함께해서
고마워요
당신에게서 날아든 흔한
아침 인사가
최고의 감동 시처럼
귓가에 맴돈다

주섬주섬하다
감사하는 마음을 잘 포장하여
당신에게
선물을 보낸다
하트 이모티콘을 새겨 띄운다

누군가 고인이 되는 일

이승을 떠날 때는
아무 말 없이 간다
임종을 대하는 가족이야
유언을 듣겠지
목소리가 작지만 함축적인 몇 마디를 남기게
된다면 더 속 며 지겠다
코로나 여파로 지인 장례식에 오래 머물지 않았다
문상을 마치고 곧바로 집에 돌아왔다

며칠이 지나 아침 일찍 텃밭에 나가
움 두릅을 3차 채취하였다
차를 타고 돌아오는 길에 아내가 중얼댄다
그 아저씨가 없으니 겨울 빌라 마당에 쌓인
눈을 누가 치우느냐고 말하길래
잊고 있던 빈자리를 알아차린다
아들이 아직 장가를 못 갔는데
편히 못 가셨겠다
심심한 위로가 맘에 일었다
말이 앞서가면 안 되니까

이런 속 말을 아내에게 전하지는 않았다
당신 남편도 요즘 새벽잠이 없어지고 있다
혹시나 알겠냐 넉가래 들고 폭설 어스름 여명에
바닥을 벅벅 긁어댈지 누가 아는 가

유모차

발걸음 보다 먼저에 앞세우네
도로를 건너시려는 할머니
달려가는 차들이 위협스럽다
주위를 살피는 건지 시선은 앞으로만 본다
여전히 종종 잰걸음에
달팽이의 보폭이 부지런하다
뒤뚱거리며 유모차에 아기를 태우셨다
누런 박스 산더미가 드러누워 있다
그 밑으로는
거친 숨이 찰랑거렸을 술병과
피로가 가득했을 음료수병이
비어져 달그락거리는가 싶었다
박스가 바람에 날려갈까
빈 병이 부딪치며 깨어질까
느릿느릿
시장에서 잠시 볼일을 마치며
집으로 돌아가는 길에도
할머니는 아까보다 멀지 않은 곳에서
어디론가 걸어가는 중이었다

손자 손녀에게 나누어 줄 지폐가
주머니에 가득히 넣어져 바스락거리는
배부른 꿈을 꾸고 계시는 건 아닐까
햇빛에 비치는 몸 그림자가 벗님처럼 곁에
드리워진다
표정의 내심을 밟으며 간다

아카시아꽃

당신은
새벽안개에 파묻힌 아카시아 꽃향기를
품어보셨나요
천상의 최음제였습니다
곧 오월이 세월 끝자락에
나뭇가지 연처럼 걸리면
향이 터지려 꿀샘이 무르익어 갑니다
꽃송이 산더미 곁을 지나칠 때면
온통 향 반응이 밀물 되어 파도칩니다
그의 고운 손을 맞잡고서
아득한 몽환의 나라에 도착합니다
아카시아 아래 긴 의자에 앉아
유사 의학적 제독 요법 족욕기 안처럼
온몸을 던졌습니다
서서히 드러나는 환각 증세가 엄습합니다
빠르게 흐르는 승화의 꼬리 중심으로
더욱더 세차게 빠져듭니다

대적광전

법당에
머리 기울여 지그시
두 눈을 감으니
속세의 소란은 질량
법칙 따라 여울 흐른다
비워진 그릇에 텅 소리
가득히 차오른다
무진동 불경 소리가 고명을 얹듯
가슴에 날아와 나직하게 앉는다
복전함 속 낙엽 같은 보시 공양
수북히 쌓여질 테지
해 드리워진 사찰 경내에
광자 무량수 떨어지고 있다
온화한 백호 미소
연화좌하여 따사로왔다

두부 고등어 구이

주물 불판에 둘이서 마주보고 누워 불가마를
즐긴다

생전에 바다가 몹시 추웠나 보다
힘찬 꼬리가 멈췄다
살아서 태양에 탈진했던 모양이다
하얗게 질린 콩 속내다
고등어랑 두부가 마주하고 망중한을 달랜다
젓가락으로 몸을 뒤집으면 양 볼이 누렇게
수줍음을 탄다
영혼 결혼식 첫날밤 신랑 신부 같다
밥숟갈에 한 점 얹어 입안에 넣으니
잘도
물길 가른다
햇살을 품는다
씹을수록 혀에 진땀이 난다
굴운리 저수지 둑이 막 터질 듯하다

개나리 곁을 지난다

가지마다
알전구가 켜져있다
어둡고 추운
지난겨울 모퉁이 어디쯤
지나오는 길에
꽃등을 들고나섰구나
계절의 틈을 연다는 것이
온통 봄날에 들어서서
꽃잎이 무리 지어 호수에 된통
빠져버린 광경이었다
지나가는 사람들을 놀라게 하다
저마저 사나운 봄바람에
온몸을 별스러이 떤다
낮은
깊게 파인 얼음 칼자국의 흔적들이
낭자하다
밝은 미소에 아픔이 가려졌네
꽃잎마다 여러 갈래
살갗이 텄다

춤, 사위

덩굴장미가
담장 밖으로
세상을 흘금 엿본다
발 뒤꿈치 평균대에 올라서 앉았다
초점이 좌우로 아슬아슬하다
오월은 그들의
무도회장이다
벙글던 얼굴에
색조 화장이 곱게 불타오른다
꽃 사이로 바람이 살금 스미어 들면
간지러움 발걸음 밟는다
키 높이가 사뿐거린다

각시멧분홍나비

용수골 다다르니
분홍빛 지천이다
바람결 비단 자락
새색시 뺨이 탄다
볼연지
입술연지에
현종의 비 납신다

미로에 멈춰서서
눈 초점 충돌한다
윙크와 셔터 누름
얼짱 각 겨눠본다
립스틱
입술 위에서
양귀비꽃 지핀다

꽃 양산 머리 이고
발걸음 구름 둥실
허리춤 굵은 힘줄
그린내 이끌린다

질편한

꽃가람에서

겨르로이 거닌다

산길을 돌다 보면

이 길이 사람들을
차근차근 기록하고 있었던 거야
수도 없이 오갔을 흔적들이
윤곽처럼 소롯길로 이어져간다
걷다가 길가에 마련된 긴 의자에 앉는다면
그 누군가의 그 느낌을 그대로 체험해 본다
새와 나비와 벌과 벌레들이
벗 되자며 시야에 어른거린다
산길은 홀로 넘는다고 하여도 외롭지 않다
힘 소모에 땀은 이마를 흐르고
숨이 가쁠 때마다 존재감은 연필을 깎다
손가락 칼 베임처럼 감각에 파고들었다
근육통 후에 잠시 휴식을 엉덩이 아래 놓으면
감사는 선물처럼 몸속에 숨 짙게 안겨들었다

옷 수선

시접 바느질 위로
날 선 끊김이 지나간다
집중은 중심을 잡으려 애쓴다
방심이 돌부리처럼 군다
한 땀 한 땀의 절단
진땀 베인 이마가 쓸려 내린다
칼부림은 앞을 짚으며 옷감을
등뒤로 내던진다
찰나의 후회는
살 스침처럼 틈을 벌린다
이런 이런 하고는
넋두리 가득해지는
근심덩어리의 압박에
댓 발 혀를 찬다
목젖은 망설임 없이 조심성을
삼키고 만다

화양강에는

조약돌이 옹기종기 모여 왕도토리 키재기를 한다
돌맹이 햇살 맞으며 소란스럽게 웅성대는 곳이다
물가 모래톱에 물새가 조심스레 날아와 거닐었다
모래알이 태양을 안아 아지랑이 연기를 피워낸다
발 빠른 새 다리에 아궁이가 급속하게 밟혀져갔다
여울 중심에 강태공이 낚싯바늘 실타래를 띄운다
기울어진 심사에 간 보기가 안스러이 한가로왔다
물오리 자맥질에 부리의 물고기가 연신 바둥댄다
작은 돌 허리에 손가락 감아 납작하게 내팽개친다
어릴 적 순수의 영상들이 물수제비 꼬리를 흔든다
잔상은 눈부신 물결을 따라 아득하게 멀어져 갔다

나이에 지팡이를 기댔다

머리 정수리가
쑥대머리 될 판입니다
숱이 적어져 벼 섶 묶듯
모자가 늘 따라옵니다
어느 날 미역 줄기가 미간을 가릴까
걱정이 되어서 요즘 머리카락을
짧게 유지하고 다닙니다
휴게소에 들렀다가
중절모가 유난히 이끌림을 보이길래
거울 보며 슬쩍 올려나 본다는 것이
요금 지불하고
개인 소장품이 되어버렸습니다
이를 어쩌지요
지금이 딱 요 모습이니
거리에서 묻지마식 땡깡을 부릴까도
싶었습니다

걸림돌 제거 작전

나이가 점점 많아지면서
몸 여기저기 예전에 없던 변화가 생겨난다
나이는 눈과 이로 제일 먼저 오는 것 같다
요즘 거울 보다가 목둘레에 솟는 쥐젖을 물끄러미
보면서 문득 떠오르는 아이디어가 생각났다
실로 묶어주는 방법을 쓰기는 했지만
큰 놈일수록 통증이 커서 묶는다는 일이 쉽지는
않았다 잘못하면 느슨해져 실패한다
작은 쇠 집게를 사용하면 좋지 않을까
쥐젖은 피부종양의 한 종류 같기도 해서
10시간쯤 눌러준다면 영양 공급을 받지 못해
괴사하지 않을까 예상하며 실행해 보았다
아니나 다를까 쥐젖이 새까맣게 죽어버렸다
피부과 가면 개당 1만 원은 줘야 하는데 너무나 기뻤다
쥐젖을 바늘로 찌르거나 칼로 베어내는 행위가 아니라
세균 감염 위험도 없고 자연스럽게 제거되는 것이었다
여러날 지나자 검게 죽은 피부가 딱지처럼 떨어져 사라졌다

얼마 전에

쥐젖에 집게를 달고 속초 대포항을 누볐더니

행인들이 흘금거리며 죄다 쳐다보았다

깊은 속뜻을 모르고 검지 손가락 머리에 빙빙 돌리며

혹시 저 사람 이거 아니야

그랬겠죠~^^ ㅋㅋ

자물쇠

익숙한 것들을 가두며
습관처럼 집 문을 열고 그가
자리에서 일어나 집을 나서고 있다
언젠가 되돌아와 들어서려면
단단하게 버티는 너의 앞에서
발걸음을 멈춘다
깊은 곳을 어루만지며 달래어준다
사지에 긴장을 풀어 대문을 연다

가끔은 나의 귓속에 긴 열쇠가 들어온다
비가 하늘에서 땅까지 가로지른다
먹장구름에 빗소리가 고막을 눅눅하게
제멋대로 더듬거려 온다
뇌속 어느 구석의 먼 기억에 잠입하려 한다

젖가슴 내어주는 요술 나무

나뭇가지 마다
떡시루에 수북한 쌀가루 같다
주발의 이밥 고봉 같기도 하다
무쇠 솥뚜껑을 열면 고슬 거리는
뜸 들은 밥 같다
다 익으면
엄마는 언제나처럼
주걱으로 휘저어주셨다
가로수에 찰진 저 이팝꽃을
오월의 농익은 바람이
뒤적거리고 있다
구수한 밥 냄새가 눈 속으로
문 열고 들어선다
매년 어버이 날이면 엄마가
이밥 한상 차려내신다
보리 콩 없어 신나는 날이다

생선구이가 고소하다

화덕의 숯불이
오월 바람을 먹고
염분 섞인 공기를 구워내고 있다
프라이팬 위에
참깨를 올려놓고
뒤적거리는
닮은 꼴이 떠오른다
단둘이서 속초 동명항 주변의
갯배 가을동화 생선구이 집에
들어앉았다
그대와 마주 보는 시선에
달궈지게 애심을 뒤적거린다
숯과 산소의 입맞춤이 은밀하다
석쇠 틈 사이로
진한 방전이 연기처럼
피어오른다

가지꽃

웃음 지으며
보라색 물감
적셔 놓고는
저지래도 아니건만
너 어떻게 견딜래
눈가에 내색이
서릿발 같은데
속 창백해지도록
감춰 댔구나
아이가 자라나서
도둑맞을 줄
미리 알고는
저리 꽃망울이
멍들어버렸다

석부작

무표정한 돌을 본다
저 몸짓
물처럼 흐르는 몸맵시
판토마임을 드러내고 있다

혈색이 풍란에 솟구친다
저 생기
생명의 소중함이
예리하게 얽혀있다

한 지붕처럼 화분에
둘을 합방한다
너희를 문 틈새처럼 볼 때마다
더 커지는 나의 동공
은근하게 흔들리는 숨소리
가슴 속 설레는 뜨거운 호흡

우리만 어미를 잃은 것은 아니었다

고양이에게 밥 주지 말라고
말씀을 드렸는데
엄마는 늘 구석에 고양이를 챙기신다
자식들이야 다 컸는지
별 재미가 없으셨을까
아니면
고양이만도 못하였을까
해를 지나다 보면 손자나 손녀뻘 되는
아기 고양이들이 어미를 따라 얼굴을 내민다
올망졸망한 새끼들이
몹시 귀여우셨을 법도 하다
어쩌다 엄마가 출타하시거나
몸져누우시면 고양이는 쥐를 잡아
신발 옆에 물어 들인다
투정 부리듯 울음소리를 성가시게 낸다
그러다 보면 너무 신통해하면서
엄마는 고양이 밥을 다시 내어 주신다

세월은 멈추지 않는다
아니, 방법을 모른다
엄마가 하늘나라에 연기 타고 오르셨다
어째서인지 고양이가
다시는 얼씬거리지 않았다
그들은 알까
천상에 연결된 통로를 따랐을까
그러지 않고서야 이렇게 집 앞 마당이 텅
비어버릴 수 있을까

간 보기

서해안 어디를 가나
처음에 들어서면 곰삭은 갯내가
코끝에 짙게 진동합니다
오래 머물다 보면
누구라도 취맹증에 노출됩니다
썰물결 따라 허드렛일 깡지 닮은
주름진 몰골 위에는
바닥이 아연실색입니다
사람 닿지 않을 구역의 구석에서
갈매기 발가락이 자국 남기며 지나갑니다
궁항마을 방파제를 따라 늘어선 장대 끝에는
수심 깊이 따라서 연통을 넣어댑니다
낚시꾼들의 실타래가
촉 오는 바닥 까지 오르고 내리기를 숨죽이며
끝 없이 반복합니다
조사의 말 없는 먼 수평선 바라보기가
침묵에 가까이 달려가 닿았습니다
넓은 챙 모자에 표정 감추기가 연신 파도칩니다

삶의 방정식

생을 살아가면서
너무 고민할 거 없다
세상을 자기 눈 높이 만큼만
바라보고
더도 덜도 말고
그대로만 가늠하면 좋겠다
만약에
꿈을 꾸려면 위로 보고
맘 비우려면 아래로
시선을 두면 된다

이른 봄 그 몰골이 얼마나
어여쁜지 화살촉 같다

간밤
꽃샘추위가
어스름에 다녀가나
어딘가에 가련 청순하게 있을
눈 뒤집어쓴
복수초
얼음 새기 꽃
설중매가 떠오른다
꽃 표정이 겨울 시위에 걸려 있다
큐피드의 심술인가
심 과녁 중심에
단 1도 오차 없이
아슬아슬함이 날아와
잔인하게 박힌다

감자꽃

별이 땅으로 은밀하게 내려온다
너른 들에 밤하늘이 쏟아졌다
초여름 은하수 물결이 낭창하게 흐른다
깊이 충전되어진 먼 기다림 일까
어두움이 감싸이면 별꽃이 무리지어
감자 밭에 환하게 피어난다
저들은 흑심을 품고 살아왔나
흙속에 묻혀져 꺼내어진 감자를 반 가르면
별의 표정이 그대로 박혀있다

부유물

수면에 바닥의 퇴적물이
표정 드러내기까지는 긴 세월이
필요하다
박테리아가 유기물을 분해하려면
온도가 진행 속도를 결정짓는다
연못 바닥이
지상처럼 변화무쌍하지 않다
여름엔 뜨겁고
겨울엔 춥고
수면이 얼고 녹을 뿐이지
수심은 체온의 변화가 그다지 일어나지
않는다
더운 물질은 위에 뜨고 찬 것은 아래로 간다
낮은 곳은 늘 냉골 같아 냉장실이다
그 더딘 시간에도
가끔 메탄올 기포가 정적을 깨트리고
물 위로 오른다
임계점은 밀폐되지 않았다
잔잔했던 수평이 일렁거린다
조금씩 쌓인
뭉친 것들은 저리도 사람의 얼굴 같을까

맨드라미 꽃

기정 떡에 박힌 꽃
눈 속에 들어서네
어머니 손끝마다
외할머니 소녀 시절 얼굴이
불그스레 피어나네
쌀가루 막걸리에 발효시켜
무명치마 가마솥에
신명 들여 나빌레라

수타사 가는 길

저 길에 들어서면
하마비에 멈춘다
공작교를 지나서
어딘가에 다다르기 위함이련가
말안장의 엉덩이 기세를 내리고
속세의 경계를 지그시 건넌다
덕치 천에 시선을 넣어 물끄러미 닦는다
산 골바람에 가슴을 벗겨 정갈하게 씻어낸다
법당 처마 끝에
엎어진 쇠 종지가 바람에게 타종 시간을 묻는다
기와의 맑은 표정이 동공의 청력에 든다
그릇 같은 몸 속에는
묵언이 낮게 날아와 산새처럼 머무른다
아미의 아래 미소가 차오른다
행자는 잠시 머뭇거리다
제 갈 곳으로 자리를 홀연히 떠난다

호박

벌 매파 들락거리고
성혼 성사 나팔 분다
연지곤지 분 발랐네
사모관대 마주하고
활옷 자락 맞절한다
합방 주 한 잔 두 잔
달빛 부끄러이 수줍은 날
산달 향해 내달리다
배 불룩 아이 하나 둘 낳았다네
동여맨 칡 허리에 감겨
요람의 그네를 탄다

수수꽃다리

아지랑이 깊어진 사월의 바람에
심실은 농익어 상기되었다
달빛의 속살거림에
두드림 발끝의 샛바람 품 안에 든다
아리아 살포시 드리워진
춘몽에 연자주빛 얼굴이 곱다
산기슭 돌아서 가면
그림자 해를 등지고 숨네
던져진 꽃 송아리야
건네주는 소녀의 엷은 미소에 젖는다
산사 소로를 따라
안개처럼 흐르는 꽃향기에는
가까이 코 다가서면
벌 같은 농도가 짙다

새 식구 들이기

떡 본 김에 잔치 벌였다
머루 지주대에
청포도 알 굵은 종으로 더
옆에 심었다
장마당에서 화분 모종이 있길래
깎아준다는 유혹에
비싼데 하며 하나 샀다
낱개로 파니까 그렇지
네가 포도 과수원 하냐?
엉? 엉? 속으로 중얼거리며
사 온 것이다
얘는 나보다 더 오래 살 거지
김매기 거름주기 가지치기 같은
작은 일은 농부가 하면 된다
높이 올라가 큰 꿈 꾸라고
오늘 새벽에 일어나
하늘 가는 사다리를 놓느라
부지런을 떨었다

전신사리

송판에
관솔 몇 개 박혀 있다
살아 생전에 누름돌에 갇혔다
삶의 애환이 뭉쳐진 것 같다
바라보는 시선을 끌어당긴다
흉터처럼 엄숙하게 다가온다
어쩌면 저리도 고승의 내공 같은지
엑스레이 투사된 사리의 신묘함을
감돌게 한다
천년 묵향에 쓰이는 눈시울이다
영험한 광채가 촌각의 모서리 치며
뇌리를 스친다

당신에게 드려요

카페에 들어서면
습관이 꿈틀거린다
늘 다른 차를 두 잔
주문하게 된다
그대에게 다른 하나를
은밀하게 내밀고 싶은
쪽지 같은 마음이
드리고 싶은 둘만의 애교인가 싶다
탁자에 마주 앉아 웃으며
반반씩 차를 마시게 되면
두 가지가 섞여도 전혀 거부반응이
생겨나지 않는다
우리는
알레르기 반응에 항체가 있다
이물질이 하나가 돼도
아무런 상관없는 당연 같았다

설중홍매

폭설에 갇혀버린
봄바람 심장 소리
빼꼼히 창을 연다
꽃 시림 고사리손
너희들 대견스럽다
너울 쓰고 웃는다

간밤에 먼 길 왔네
꽃소식 백지 연서
백치미 처녀성에
선혈이 충혈된다
속눈썹 마스카라에
눈물 번짐 아리다

로드 킬

빌라의 차디찬 시멘트 바닥
잠들어 있는 참새 한 마리
침상인가
고이 누웠다

도로를 달리다
아스팔트 위에 기척 없는
들짐승 한 마리
원두막인가
모로 깊이 잠들었다

저들은
길 따라 제 곳으로 갔을 법 하다
누구는 남이 숨을 막았나
누구는 남이 숨을 훔쳐갔나

뻗대기

한 번쯤은
반대로 가고 싶다
비스듬하게나
정 반대라면 어떤가
순순히 흐르는 물에
우뚝 선 바위가 그렇다
겉으로 봐선 모른다
뒤에 와류치는 소용돌이가 있다
저 강 속에 잉어가 역류하지 않던가
그뿐이더냐
등등 물고기들이 힘을 거스른다
상류에는 무엇인가
독특한 것들이 숨겨졌기
때문일 것 같았다

시인이 사람들 사이의 물고기 같다
늘 머리를 치받고 물살을 꼬리 친다
때로는 물길 따라 아래로
유속보다 더 빠르다

이 자는 어찌하여
위로 향하나
아래로 향하나
잠시 정지하여 있으나
그저 들이박는 것이더냐

종잡을 수 없어도 좋다

바람이 불어오지 않는다면
수풀은 흔들림이 없다
좋은 건지
나쁜 건지
도통 그 속내를 모르게 된다
우리네
즐거운 미소도
찡그린 투정도
흔들리기 때문에
뒤바뀌게 마련이다

내가
너에게 부는 세찬 바람이었으면
좋겠다

북한강의 나들목

빛의 산란은 충돌의 결과물
빈 곳과 가로지름의 차이
갈대 박혀 흔들리는 바람의 수심
강심에 무리지어 탈곡하는 홀로의 파동
질긴 고무신 발에 신고 풍기는 탄내
뇌 신경 건드리는 머나먼 흐릿한 기억
물새 수면에 내려앉아 흐트리는 윤슬
발자국 깨트리며 멀리 달아나는 소로
한 곳 찌르며 공기 속 가라앉는 사내의 비명
깊어가는 소슬바람의 중심

비추는 곳에 반사가 일어난다

길을 걷다가 들꽃이 싱그럽게 달려오듯 보이네
순수함이 뒤에서 소리없이 다가왔어
산중에 바위를 껴안고 나무가 거칠게 자라났네
삶의 의지가 움켜쥐듯 솟구쳤어
얼음을 매만지다가 냉기의 습격을 받았다네
손바닥 온기가 물렁물렁한 허세를 건드렸어
태풍이 세상을 막무가내로 무너트리고 마네
고통을 이겨내야 한다고 격려의 뜻을 전해왔어
배설물이란 혐오스럽게 감각을 지독히 건드리네
밑거름이 될 만하다고 말대꾸를 했어
대적광전에 엎드려 머리를 나지막이 기울이네
빈 것과 가득 차오름이 동시에 일어나고 있었어

첫눈

들어선 아내의 말
올 첫눈 실하단다
뜻밖의 반가움에
창 열고 밖을 본다
발소리 사각거린다
지붕 밟는 새 손님

새벽길 누구인가
동요가 들려온다
적요한 어둠 산길
도련님 걸어갔다
적혀진 구두 발자국
바둑이도 따랐다

어젯밤 하늘에는
구름 위 발밤발밤
그린내 살부침에
사나래 타고 오네
비나리 가시버시야
가온누리 나르샤

누드 김밥

발가벗은 건가
알몸 같다
종아리부터 허벅지
넓은 등짝이 벌어졌다
엉덩이가 눈부시다
잠들었는지 기척 없는 걸 보다
침대 위의 부동자세가
자신의 잠버릇 같았다
잠결에 이불 가슴에 안아 감싸
밥알이 김 말은 듯도 하다
새콤달콤한 단무지에 당근 채
시금치 소시지 지단가락 가지런하다
속 심지가 총천연색이다
옷 벗길 필요 없다
젓가락으로 발끝을 더듬는다
한 개 집어 올려 입에 넣는다
바다 향내에 촛물 몇방울의 휘산작용
갯바위에 파도를 친다
지금 요러한 화한 꿈을 꾸는가
입속 혀 애무에 밥알 뒤척이며 비명을
연신 내지른다

모기

피를 나누면
혈맹이 된다
특공대로구나
저공 비행술로 중무장했다
야간전술에 능하다
자꾸 덤벼들어 치근거린다
누군가를 짝사랑하던 기억이 떠오르게 한다
그 심정
스토커처럼 되기 쉬운 일이다
야심한 밤중에
날개 치는 소리가
호박꽃을 오므린 통 속의 벌 같다
방안에 꽃수술 같은
침대 위의 촉 하나다
꿀 샘에 달려든다
별난 전희를 다 한다
머리에서 발끝까지 수맥을
잘 짚는다
소문 난 침쟁이다

양면의 통로

전등을 끄면 확연해지는
어두움
스위치 올릴 때의 선명한
밝음
저 속을 걸어 들어가면
벽에 있을 연결고리
찾는 일을 깨닫는다
명암을 오가는 통로에
장치 하나
있다

지구는 자전을 한다
땅의 밤낮을 켠다

엇나간 단추

비대칭 옷을
옷걸이에 걸친다
잘못 꿰어진 시작의 교란
첫 단추의 어색함이
고개를 갸웃댄다
왠지 부자연스러운 착용감이
시선을 훼방한다
아래서부터 복기(復棋) 하듯
단 맞춰 위로 간다
어딘가에서 배불뚝이 옷깃이 솟았다
계면쩍은 몸짓과 표정을
흘린다
불균형의 정신세계 같았다

공간

멀리 바라보이는 밤하늘에 별들이 빛난다
한결같이 높다는 생각에 잠긴다
별과 별 사이는 빛의 속도로 거리를 잰다
육안은 원근 비교를 찾아내기 어려워 했다
보이저 1호가 명왕성을 지났다는 소식을
들었을 때도 딱히 실감하지 못했다
수치만 까마득하다는 인식을 계산해 낸다
이곳에서 서울의 거리가 얼마인지 안다
바로 뜨이는 나무나 건물같이 확신을 주지 않는다
먼 것은 가상현실에 들어서는 통로의 관문일지
아무것도 손써볼 수 없어 그저 바라만 본다
허공이 나의 것이라면 점과 먼 점이 휘어져
맞닿을 수 있도록 구부려 놓겠다

고독

술병과 술잔이
어우러져
천장과 전등의
만남처럼
접점을 들어 입술에 기울인다
목을 끓이며 흡수되니
뇌의 도화선을 은밀하게 건드린다
즐거우려면
따라줄 사람이 앞에 있어야 하고
사방이 어두울 때
밝게 방안을 비추려면
누군가는 벽 스위치를 딸깍 제껴야 한다
그렇잖아
별똥이면 모를까
홀로 지구에 온 외톨박이는 아무도 없다

비버

숲을 끼고 개여울이 흐른다
나무를 베어 수로에 가로질러 둑을 만든다
넓고 깊은 빈 공간에 물이 차오른다
풍요의 터가 수평을 이루어 평화로왔다
저들은
인공 저수지 안에 둥지를 튼다
천적을 피하고 먹을 것을 키운다
삶의 바다에 지혜가 가득해 보였다
낙원은 의지에 완성되는
반응 감광지다
저들을 살피노라면
당연의 일부가 폐부 깊숙이 비쳐 들어온다
어쩌면
외계에서 누군가 지구를 지켜본다면
그들은 사람 사는 자연을 감상할지 모른다

화가

연꽃이 피어있네
화룡점정인가
눈부시게
연못을 저리 점 찍는다
그러고보니
한두 곳이 아니었네
연습 중이었구나
펼쳐놓은 화선지 위로
부지런히 붓을 치고 또
친다

어떻게 널 미워하나

바람은 손을 가졌지
이마에 땀방울이 송골송골 맺히면
훔쳐주거든
홀씨를 멀리 데려가기도 해
새로운 출발을 알리는 격이지
헤아릴수록 예쁜 선행이 수두룩하다

바람은 심술을 가졌지
황사를 끌고 오기도 하여
호흡 곤란에 폐질환을 일으킨다
태풍을 몰고 와 온통 세상을 할퀴고 간다
그 또한 망할 심보가 가지가지다

별난 버르장머리를 가졌어
바람을 가만히 세밀하게 따져 보면
본성대로 행동한다
간계를 부리거나 모략질을 일삼지 않는다
잘 대처하면 역부족이라 해도 별 뜻이 없다
사람은 바람을 증오하지 않는다

어버이 날

등 굽으신 노인을 보았는데
부모님의 고단함이
내 가슴을 향해 미끄럼을 탄다
얼굴의 골 주름을 바라보다
자식 키우시며
땀, 눈물 흐를 고랑이 많음을 깨달았다
지팡이에 의지하며 걸으시는 모습은
여전히 홀로 서심이었다
내게 전율이 회한처럼 일어난다
늘 가족을 위해 온몸 아끼지 않으셨을 테지
어르신의 깊은 사랑 가늠할 수 없었다

늦사리

모두가 떠나버린
엄마 품 홀로 남아
외로움 입술 물고
담 넘어 미소짓네
메마른 건조 피부에
윤기마저 탁하다

줄 장미 가시에는
가을이 달아난다
빈 곳에 찬 서리가
문밖에 서성일 때
임 찾아 출가외인의
언니들이 그립다

연민은

빗나간 화살입니다
우연 속에는 인연이 자리하지만
언젠가는 떠나야 할 이별의
차표 한 장이 비밀스레 들었습니다
좌석번호가 새겨진 지정석처럼
예감이란 가슴 깊이 침몰합니다
절대로
일어나지 말아야 할 형사 사건처럼
사람들은 때때로 억지를 부려댑니다

식상한
옹졸한
유치한
무뢰한
치사한
의심병
거짓말

그 아픈 말투 눈빛들

단풍세례

가을이
사람을 여럿 울리고 갑니다
그냥 지나가면 되지
팔꿈치로 옆구리 후려치고
달아납니다
야심을 틈타다니
그저 멀거니 넋을 잃었습니다
야비한 짓인지 자고 일어나면
동네방네 다 아우성칩니다
여기저기 멍든 자국
산야에 울긋불긋 드러납니다
모두 수척해지는 사이에
산수화 공작단에 걸려
픽치기당하고 말았습니다

능수버들

단옷날
창포물에 머리를 감고
햇살에 그네를 너울거린다
윤기 차르르 흘러내리는
긴 머릿결에 유월이 파고든다
미끄러지며 번져나가는
초록 물결 틈으로
던져진 조약돌 중력이
물수제비 뜬다
대추나무 시집 보내는 날
동그랗게
달아나는
얼굴

수면 부양중

물빛 가득히 고인 연못으로
한 여인이 걸어 간다
산이 해를 가리어 약간 늦어진
시월 말 오후에
유도선 다리를 따라
불이문에 들어선 행자처럼
앞으로 간다
전생을 버리고 묵언에 황망히 잠겨진
고사한 연잎의 사잇길로 들어서니
초조도 상념도 없다
태반의 씨앗들이 맥처럼 때를 짚는다
때론 고개숙이어 연못에 숙명의 메마른
초점을 떨군다
그러므로
별다른 연유를 그들에게 묻지 않는다
그녀는 묵묵히 제길 가는 중이었다
벌써 연 씨방을 뛰쳐나간 녀석들
다시라는 이별 편지를
까맣게 물 위에 눌러 쓰고는

빈 둥지에 재회를 가득히 남겨두고 있다
저 아낙네는
별 동요 없이 집으로 돌아가는 길이다

다슬기

물속 세상은 요람 같지만 모르고 짖어대는 소리야
비경이라니 그 무슨 잡소리야, 밖에서 겉모습에
취해 이면이 어떨지 잘 몰라서 딴 세상 이어서 그래
우리는 주로 이끼 낀 바위에 붙어서들 살아간다
행동이 별나게 느려 물고기가 앞길을 가로질러도
순식간에 벌어지는 일인지라 도통 모르고 산다
기는지 멈춘 건지 분간하기 몹시 어렵게 움직인다
우리 방식대로 빠르기를 측정해야 가능한 일이다
채취꾼들은 대낮에 깊은 강바닥에 잠수한다
스쿠버 장비 착용하고 들어와 마구 헤집고 다닌다
어망을 들이대고 손바닥으로 매끈한 바위를
쓸어 넣으면 한 번에 오십 마리쯤은 꼼짝없이
잡히고 만다
괴물 같은 녀석들이 나타나면 물 속은 초비상이다
오그라들어 오금 저려서 납작 몸을 엎드리게 된다
잠수부가 바위를 한번 훑어대면 소름 파장이
사방 번져서 곁 지기 심장을 파고들어 바싹 졸인다
공포 신경전달 물질은 빛의 속도로 반응을 하지
빨판에 힘이 빠지며 중력을 이기지 못하고 바닥에

굴러떨어지고 만다
아드레날린 유리병처럼 깨져 온몸에 번지게 된다
2m 정도의 거리를 단 3초 정도에 도달하게 된다
평소 달리기 속도와 추락 차이를 계산기로 친다면
상상 이상이어서 해답 표기하기가 어렵다
다급함에 쫓겨서 생존 비법을 사용하기도 바쁘다
우수수 떨어져 구석에 처박혀 미동도 안 한다
그저 사라지는 동료들을 멀뚱히 바라보며 깊숙이
잠겨질 뿐이란다, 그런데 말이야 독해, 강심장이다
그 와중에도 여전히 꿈쩍 않는 녀석들이 있었다

목부작

사후에 세워진 비목 같다

고목의 뼈골이 도기에 박혀 있다

사람의 뼈 닮은 옹이가 뫼 잔등에

드러나 있다

육신의 비밀을 감추는 구조물이다

생은 평생을 버티는 무언가를 가졌다

누군가의 결기는 죽어서야 돌출된다

침식작용에 치솟는 산 중 바위와 맞닿는다

한 점 그 존재를 마주치고 있다

썩지 않은 소나무 전리품을 가져오게 된다

이끼를 두른 몸통 여기저기에

이오난사를 머리 리본처럼 꽂는다

풍란을 곁들여 심는다

조합은 방 안의 공기를 뒤흔들고 있다

현란한 광채가 일었다

잔잔한 수면 위에 몽돌이 날아서 충돌을 한다

파동은 돌진하는 물소의 뿔이었다

들이 받힌다

8월 31일

그날 밤 다 늦은 시간에
잘 주무시고
9월에 뵙자는 문자가 날아왔다
그렇게 오래 기다려야 하나
잠시 착각에 든다
12월 31일
내년에 뵙자는 인사말처럼
긴 시간이 화살처럼 눈 속에
들어왔다

내일 뵈요
하루의 이별 인사를
23시 59분 59초에
그에게 보내고 싶다

얼음 새기 꽃

봄을 기다리다
성급하게 뛰어나왔나
눈발을 살그머니 여미고
얼굴 내민다
발가락이 시리어 아프겠지만
웃고 있는 거야
환한 표정을 보내고서
언 마음
녹이기를
간절하게 바라는 심정일 거야
저리도 모진 애를 쓰고
있잖아

별안간 오는 것

굳이 말해야
사랑일까
에둘러 빙 돌아가는
길도 있소
노모께서
애야 차 조심해라
이르는 말에
가슴 뜨겁지
않은가

다시라는 굴레

둘이서 카페에 마주 앉으니
찻잔에
어설픈 풍뎅이의 날개를 타고
초겨울이 빠진다
한눈팔다가 다정에 균형 잃어
자빠졌을 거야
당신과의 눈길이
너무나 매끄러웠던 때문인 것 같았다

창밖은
끈 잘린 낙엽들이 미끄럼틀을 탄다
땅으로 비틀거리며 간다
그 얼마 만에 안아보는 서로의
포옹일까
우리도 언젠가는 인연이
다하는 날
숙명처럼 이별을 서로 나누어 가져야겠지
서러워 말자
땅과 단풍잎처럼 재회의 접점이

간절하게 다시 찾아들 거야
억겹을 뚫고 다시 되돌아와
미안하다. 당신의 아내가 되어줄게
우리 이 푸른 별에서 다시 만나
화분처럼 흙을 채워서 둘 같은 하나가 되자

가래나무

열매가 만져지네
단단해야지 오래도록
간직할 거라고
말끝을 흐리네
속을 들여다보면 순백의
결정체가 서렸다고
선물 던져주듯 하네
깨트리고 싶은 심정을
잘 어루만져야 한다고
둘을 서로
굴리라 하네

발인

긴 탄식인가
바람에 만장기가 펄럭인다
선소리꾼 상엿소리
저승까지 꽃상여를 이끌어 가네
선산에 이르는 오솔길이
상두꾼의 어깨 위로 두둥실 꽃 배를 띄운다네
극락왕생 안식하시라
편히 잘 당도하시기를
두 손 빌어 기원한다네
선창과 후 창소리에
상주 따라 발걸음이 출렁인다
맨정신이 애달프다
술을 부어 취기를 일으키네
앞소리에 후렴소리가 비수처럼 심중으로
날아들었다

"어허리 어허리 어이허리넘차 어허노"

선산에 오르려니 호흡마저 목구멍에 매듭짓네

염사의 손길인가 수의처럼 울대가 묶인다니 웬 말인고
장지에 당도하니 울음소리 쓸개처럼 식도 허물 벗겨낸다
달구질 선소리를 밟네

"이곳 오신 백관님네 뗏장이나 옮겨주소"

그날 의암호

초가을 풀잎마다
눈물 꽃 멍울 같다
슬플까 설움일까
새벽녘 삼악산에
치마폭 안개를 두른
산마루가 호젓타

경춘로 내달릴 재
북한강 물안개라
의암댐 눌린 수압
가슴 속 체열 같다
수초 섬 안전불감증
수박 작업 놀란다

도굴꾼

땅속은 밤과 낮 구분이 없어
막장이다
지팡이와 소리에 의존하는
맹인 감각처럼 더듬고 나가야 한다
본능은 나침반이다
수맥에 이끌려
꺾쇠로 갱목을 구축한다
광맥을 파고들어 굴이
미로와 같다

뿌리는
갱도에서
사계절 내내 비지땀을 흘린다
봄 들에 싹이 나와 꽃이 피어나고
열매가 맺는다
개미굴 입구의 배설 토 같다
남몰래 매일 보물을 캐고 있었다
가을 야적장에 쌓인
가득한 귀금속을 본다

인연은 끝이 없다

액체라서 끊지 못하는 술
핫팩처럼 우리 몸에 들어와서는
뒤섞이다
서서히 산화하여 사라진다
공기 중의 산소와
결합하는 치환의 현상이다
곁에 머물다 그가 떠나가면
우리는 불안에 탄다

고체라서 끊을 수 있는 담배
피우고 나면 오래 지나지 않아
손가락에 다시 꺼내 들게 된다
몸속을 돌아치는 니코틴 농도가
중독을 일으키고 있다
서서히 해독하면 공허함이 밀려든다
빈 곳을 논바닥처럼 드러내다
혈액의 불안증세는
갈증을 뿌리치지 못한다

성에

이른 아침이다
인기척 없이 던져 놓고 간
편지 한 통을 꺼낸다
집배원이 우편함을 잘못 찾았나 보다
머리맡 창틀에 끼워놓았다
얼음 조각을 무리 짓게 그려 넣었다
간밤에 잠 못 이루며
누군가 투정을 아로새겨 놓았다
애쓴 흔적들이 눈물 꽃 같다
괜스러웠는지
나의 잠버릇이 뒤척거리곤 하였다
어쩌면
먼 곳에서 미움이 야간 송달 되어져
촉을 건드리기 때문 같았다
잠자리에서 일어나 덧창을 제끼니
유리창 모서리에 태양이 들어
소인을 찍는다

보름 지난 처서

새벽에 이슬의 시간은
짧지만
바람 결에는 가을이 한 움큼씩
온종일 들었다
저 응집의 마술과 터짐
어디에 담아야 할까
아무리 둘러보아도
콧등을 타고 가슴 안으로
장애물 바위 뒤처럼 소용돌이 숨었다
꽃을 바라보면 숨 막힐 정도로 벅차다
여름을 지나는 동안에
먹구름 속에서 섬광 일으키는
번개를 먹었다
전류가 온 대지를 선 타고 흘러와
충전이 제대로 이루어졌던 것이다
방전을 한다
가을 들판의 어디를 가거나
온통 꽃등을 켠다

길을 잘 낸다면

어릴 적 어머니는 광목 실타래를
실패에 풀어 감으셨다
솜이불 시치시느라 요긴하게 사용하셨다
털실은
뜨개로 스웨터와 벙어리장갑과 목도리를
만들어 주셨다
실이란 실수하면 엉키게 마련이었다
헝클어지는 것을 보게 되면
난감해진다

전선과 광섬유와 가느다란 관이거나
한쪽 끝에서 무언가 넣으면
반대편 출구에서 처음 것부터
새어 나온다
잘리지 않았다면
엉망진창이라 해도 차단은 일어나지
않는다

기다란 끈은 생의 끄나풀 같다

혹여나
우리가 저곳으로 버젓이
들어가고 나와도 되는
얽히고설킨 뭉치였으면 좋겠다

혈관

홍고추가
스스로 상기되지 않는다
온몸 색조 화장의 마술은
태양의 손기술이다
감광지 역할을 하는 살갗 성분은
농부의 거름 지략
흙 속에 숨은 땀 피로가
뿌리를 지나 줄기 물관 통해
잎사귀에 올랐을 거야

잡초

저들이 텃세를 부리네요
남의 터에서 패거리로
제집처럼 행세를 해요
못됐다
사람의 이기심 닮으면 나쁘다고
봐요
원래 본성이 저러면
착한 애들이에요
들에 있어야 꽃이 되지
철없는 건지
하필 밭 경계를 넘어버렸어요
주인은 풀 제거하려다
처음엔 견딜만한데
갈수록 지쳐 힘들어져
잡초로구나
버럭 성질을 부려요
화딱지가 치솟은 거지

메밀꽃 축제

염전을 저렇게 잘 펼쳐놓은 이
어디에 없을 거야
소금꽃이 질펀하게 솟아나 있다
봉평 사람들의 유전자였겠지
밭과 소로길이 어우러져
여러 장의 이어진 지도였어
야전 막사에서 참모들이
계략을 모의하려고 세밀하게
구축한 셈이야
잘 보이거나 위치 좋은 곳으로
사람 유도 진입로를 설치하였지
덫이라고 의심해도 전혀 이상치 않다
그들은 멀리서
기도 비닉을 하지
길목에 대인 지뢰처럼
적재적소에 긴 의자를 설치했다
한 쌍이 방심하고 그 자리에 앉으면
엉덩이 압력이 안전핀에 도달하여
큰 실수를 깨닫게 되지

일어나려는 순간 폭약 뚜껑이 열린다
심장이 터져서
숨 못 쉴 테니까

주머니 털기

아무리 조심하여도
들깨가 간간이 떨어진다
털기 위해 깻단 옮기는데
왜 이리 심이 쓰라린지
너를 향한 흠모에 생체기 난다
넓은 가빠에 올려놓고
막대기로 두들겨 패면
깔끔하게 씨방 다 비워진다
우리 마누라 안주머니처럼
아무리 먼지 턴다 하여도
나오지 않는 깨알이 제법 있었다
그저 모르는 체 깨 짚단을
구석진 자리에 쌓는다
바람은 여자를 잘 다룬다
은근슬쩍 쓰담쓰담 한다
겨울 나는 동안에 꼬드김 흔들거려
땅 위로 비밀이 몽땅 떨어진다
봄이 오면 새싹이 여기저기에 솟아난다
아내의 속 깊은 꿈을 보았다

고구마꽃이 피었습니다

7년 전인가 고구마밭에 나팔꽃이 너저분하게
피었길래 뽑아내야지 하며 잡아당기는데
엉키었나 잘 살피려니까
고구마 덩굴이 무슨 돌연변이다
생전에 보지 못하던 고구마꽃이었다
너무나 기가 안 차서 신품종이구나 그리 여기고
오후에 집에 돌아와 티브이를 보며 밥을 먹는데
뉴스에서 백 년 만에 피는 귀한 꽃이라나 뭐라나
참 놀라웠던 적이 있었다
맞춤형 방송처럼 이런 희귀한 일을 시청자에게
일일이 개인에게 알리는데 우담바라 꽃도 아니고
행운을 가져다주는 길한 꽃이란다
잡초를 제거하려 설치던 자신이 너무나 우스웠다
턱 관절이 무사하길 다행이었지 그 무엇이었을까
글 꽃 동네 밴드 한 누님의 푸념 섞인
고구마에 얽힌 사연들을 듣다 보니 옛날의 별라별
기억이 다 떠올랐다

겨울의 유언

봄은 그래서 다시
오나 보다
저 한 그루 나무가
남루하지 말라고
다독거려주네
새 옷 갈아입으라
선물을
수레에 가득히 싣고 오네

부추는

무심코 지나치다
꽃이 피어나면 깜짝
놀라게 되요
가슴을 쥐고 흔드는
그의 고약한 버릇을
그제야 알겠더군요
출근하려 집을 나서는데
어느 날 빌라 화단에서 꽃송일 따
그가 제 눈꼴에 집어 던지길래
가만히 당할 수 없었어
얼굴 미소를 한 움큼 꺾어
되돌려 주었습니다

계단은

오르고
내리는 자의 발걸음을
꺾는다
비탈은 이동하기 어렵다
쉬이
제길 가라는 뜻이다

사람들이 의견 충돌할 때
상대가 각진 모서리와 같다
서로 다름이
하나의 디딤돌인가
성숙은 다툼 뒤에라야
온다

어차피 빈손

소유하려
애쓰지 말자
새장에 가두려니
창살이 거슬리네
잠시 문 열면 달아난다
창가에 나무를 두면
알아서 새가 날아와
노래 부른다

버리려
궁리하지 말자
수풀은 자라나서
무성한 성장기를 지난다
화려하게 한 번은 단풍 옷을
갈아입는다
때 되면 누구라도 알몸이 된다
겨울이 와서 다 잃어
벌거숭이 같지만
봄이 오면
새 모습 드러내며
웃는다

가슴에 묻다

열심히 살아가려니까
실수의 연속이다
나무는 가지가 부러지면
그 옆에서 새로운 순을
뻗네
간혹 다시금 잘리지만
여전히 다르지 않게
반복한다

태연하다
우리는 그렇게 살아간다
처음에 꺾이어 신음을 낼
뿐이다
더는 울지 않는다

춘설

문 열리는 개여울에
얼음구멍 틈이 난다
봄 앞 다가선 물소리
빗장에 손을 얹는다

눈초리 아장거리겠다
햇살에 앉은 버들강아지
어미 부르는 소리에
엇박자 걸음걸이 치며
귀염을 떨 테지

어쩌지요
오늘
히스테리에 갇히고 만다
한기가 가슴 누르기 한다
폐소공포증인지
코 빠지게 가지마다
새하얗게 기겁이 늘어져 있다

첫

빌라 마당 한구석의 물 동 받침 대야에
첫얼음이 얼었다
첫서리가 가을걷이 배추, 콩밭에 피어났다고
문우님이 밴드에 소식을 전한다
첫눈이 내릴 것 같은 날씨는 아니지만
은근한 기대에 하늘을 올려다본다
겨울이 문지방을 넘어서려는 순간 같았다
얼음 공장에 처음 출근하려는 기분이다
집 대문을 얌전히 지나 밖에 나선다는 것이
아침 열고 추위가 옷 속에 꽁꽁 거리며
불청객처럼 들어섰다

자백

봄부터 일찌감치 알아보았어야
했다
여름 내내 쌍쌍 붙어 다니다니
불길이 하늘로 치솟지
우리 부부처럼 적당한 거리를 둬라
침엽수처럼 냉철하든가
너희들 그러다 한 번은 재가 되어
겨울로 사라질 판이다
그럴 걸 가지고 앞뒤 분간 못하고
정열인 체 미련한 짓인지
혼란케 한다

여전히
현명하게 잘 지내려 애쓴다
때 되면 단풍 구경하러 가야 한다
만추의 끝자락에 매달린 아슬아슬함을
잘라내려 꺾기 위함이었다

불길 지른 산들 단풍을 보며

이내 심장을 낙엽에 내던져 덩달아 굴린다
혀끝에 매달린 탄성이 회초리를 친다
우린들 왜 저러고 싶지 않겠나
취중 진담을 절로 털어놓는다

천신제

들에 무르익은 오곡백과는
만월처럼 곳간에 차오른다
풍요의 노래가 황금벌판에
물결 흘러 출렁거린다
지나간 은혜의 바다에 부모님
손길이 따사로웠다

제기에 받쳐 놓은 햇곡 양식들
휘영청 한가위 표정에 밝다
귀천하신 우리 부모님
자식 둥지 안으로 사뿐히
소복 입고 나르신다
제사 때면 변함없이 찾아오신다
떡시루에 칼질을 놓으신다
여전히 노안에 시력이 어두우신가
자식 가슴을 더듬으시며
옛 기억에 각을 뜨신다

떡보다 꽃

무쇠솥 머리에
올라 앉은 시루
무명천 위에 쌀가루 범벅
콩 호박 강낭콩 건포도
뒤섞이네
찜 열기에 단내가
부엌문 열고 잔잔하게 번져간다

쓰이다, 신분 바뀐 시루 하나다
담겨진 흙에 햇살 받았네
아지랑이 김을 피운다
고명처럼 씨 뿌려두었다
채송화 무리 지어 기대며 피어났다
은근하게 오래도록 생을 쪄내고 있어
하나둘 청순가련하게
얼굴 내밀며 살가워한다
입꼬리 올리어
우리 서로 마주하며 웃는다

풋내나는 들국화

길가에 서서 햇살 찡그리고들
모여있다
갈개꾼 눈초리에
성장통 들어섰구나
표정에 젖 몽우리 신경 같다
깨고 나오려나
그 정적의 끝에 해일을 친다
해맑은 미소가 온통
둑 터지고야 말겠다

귀가하여 어두운 방 안에
말초신경 돌기를 딸깍 젖힐 때
가득히 차오르는 전등의 포옹
그 안에 가무리는 중이다

**갈개꾼~ 남의 일을 훼방하는 사람
**가무리다~ 몰래 훔쳐서 혼자 차지하다

비, 속삭임이 간지럽다

오월 초순에
오랜만에 비가 내린다
가뭄의 단비죠
어린아이들처럼 풀잎 동요 합창 소리
정겹다
세상이 온통
목말라 입술 마르지
혀에 단내가 났으렷다
대지는 봄비를 흠뻑 먹는다
가을 잣송이에 알이 꽉 찰 텐데
풍년을 부르는 장단
흥을 부추기는 신바람이다
들은 어떻고
벼 모판은 찰랑거린다
밭의 푸성귀 생기를 얼굴에 덧바른다
우리 모두 다
키 높이 뛰어오르려고
다리를 잔뜩 웅크리고들
있었다
물 먹은 압축 펄프다

꽃

너를
바라보다
즐거움이 스며드는 이 마음은
그대가 누군가에게 드리는
가장 나지막하게 들려오는 속삭임
손끝 닿지도 않게
마술처럼 남의 맘을 몰래 훔치는
쓰리꾼이다

퍼줄수록 차오르는
샘물일 줄이야
너의 앞에서 속을
기꺼이 몽땅 내어주고
있었다

산개구리 뛰어놀던 곳

동면 노천리 가는 길에는
더 지나서 공작산 저수지로
빠지는 길도 있지
거기에 물빛공원이 있어
구월 끝자락에 구절초의
풍성함이 무리 꽃 핀다
한적해 보이는 카페가 구석에
자리하고 있어
잠시 들르면 그만이었다
골 타고 마을 경계 넘어가는 도로를 따라
누런 벌판을 달리다 보면
폐교되어버린
화방분교로 고개가 또 넘지
요즘은 도회지 사람들이
계곡마다 바위에 숨어 들어가
가재처럼 해맑은 표정을 하고
읍내로 마실 나온다

마을회관에 펄럭이는

태극기의 손짓에 눈길이 머무른다
곁에서 변함없이 웃어주는
새마을 깃발이 다정하게
우릴 반긴다

성가신 철판

파리가 밥상에 올라 진정서를 휘갈겨 뻔뻔히 쓴다
인상은 이마의 검은 눈썹 움켜쥐고 바닥 찌그린다
손으로 파리채 휘저어 공포를 인성좋게 내던졌다
돌아온 낙서에 밉상은 제자리를 곱게 독차지한다
발 밑창에 입술 족적 어지럽게 사방 줄따라 맞춘다
뒤집어진 신경질 전달물질 긴 팔 뒤로 숨어 허공을
멱살 잡아 다시 흔들어댔다

순백

버려라
아낌없이
단둘이서 방안처럼
우리 아무것도
몸에 걸치지
말자

코스모스 길

산 능선 마루 속에
속삭임 들끓는다
바람결 베고 앉아
소녀는 춤을 춘다
꽃향기 콧속을 난다
벌 나비의 사랑가

쪽지를 내던지네
설레움 간들댄다
오솔길 홀로 가면
그림자 애인 같다
모두가 눈총을 쏜다
다가오라 부른다

임계점

가을 하늘을 보면
연푸른 위스키와 같아서
이리저리 심 취한다
누가
맑은 술 부었는지
긴 그림자 꼬리가 없다
바람 든 얼음 조각들
잔 속에 둥둥 띄운 걸 보면
도수가 무척 높아 보인다
시원함 끝에 오는 격랑이지
저 고운 쪽빛
눈망울 타고 들어와
심지를 흠뻑 적신다
휘발성이라 조심해야 한다
허공에 눈 자꾸 비비면
가슴에 자연발화
일 것 같았다

너희들 진짜 멋져부렀다

함박눈이 온누리를 덮는다
춘심은 나의 발자국을 따르네
순결을 뽀드득 밟으며
새봄이 온다
어리둥절하여
사방을 두리번거리는
시야에
빼꼼히 얼굴 내미는
나뭇가지에 물오른 꽃눈들이
화관 쓰고 추위에 떤다
웃어야, 울어야 할지
가슴이 조마조마
안쓰러움 목 타들어간다

춘설이
오늘따라 왜 이런다냐
정말

진달래 먹고 물장구치고
다람쥐 쫓던 어린 시절

차를 몰다 보면
시간을 거슬러 오르는 듯하다
아인슈타인의 특수 상대성이론이
생뚱맞게 떠오를 때가 있다
빛의 속도로 날아가면 시간여행이
가능하다는 말이다

가평군 북면 이곡리를 자주 들르게 된다
조선 시대를 상상해 보았다
종일 걸어가봤자
인력으로 얼마나 이동할까
다리 아파 쉬어야 하고
기껏 가봐야 홍천 떠나 춘천에 넘어서면
하루 볼일 다 보았을 것이다
과학을 타고
두시간이면 이곡리까지 다녀올 수 있다
속도는 시간 여행의 증거 같았다
나는 가끔 타임머신을 탄다

빛보다 빠른 맘을 뇌에 창착한 생물체였다
휘 둘러보며 어느 시대에 잠시 머물기도 하고
가끔 저혼자 빙긋이 웃을 때가 있다
시공을 넘나들다
옛날의 오줌싸개 시절을 다녀왔을 때였다

별신굿

밀물의 삐딱한 거드름
뭍에 기대는 가련한 묵상
걸터앉은 폐선의 망연자실 표정
파고에 들리는 성난 희망
초점을 모으는 렌즈의 끌림
뱃고동 소리 역류에 잠긴 선체의 고요
바지랑대 기울이는 안쓰러운 동정
갈매기 응원가 한 자락에 출어 깃대 출렁
풍어가 해풍을 뚫고 바다로 간다

세련된 전철을 타고 가며

기차가 지나가는 철로 변
동네를 보면
지나간 기억이 간이역에 머무릅니다
조금씩 느슨해지는 속력을 따라
기적소리 옛날을 데려옵니다
철로 위를 밟고 있을 법한
한 소년의 사색이
엽서처럼 날아듭니다
군밤 사려
계란 사려
짧은 정차시간에 우동 한 그릇
말아먹던 바쁜 사람들이 떠오릅니다
먼 저편은 쇠바퀴 소리 굴리며
재빠르게 궤도를 따라
또 이동합니다

하마비

공작교에 다다르면
말에서 내려 다리를 건넌다
주차장에서 예까지 걸어왔으니
최소한의 예의를 갖추었다
그만 따라오라
속세의 번뇌가 잠시 뒤안길에
뿌리쳐진다
교각 곁에 접이식 간판이 반색한다
자동차 오토바이 자전거
절대 출입금지의 푯말을 본다
현대식 하마비를 지난다

송편

무명천 솔잎 자락
까슬한 증기 틈새
무쇠솥 뚜껑 아래
어머님 가슴일세
떡 솜씨 층층이 쌓아
가족 수다 뜨겁다

못생긴 송편 모양
귀여움 가득 찼네
온정이 뭉친 때문
정겨움 파도친다
큰 웃음 박 터질세라
담장 넘어 흐른다

겨울이면 가끔

어묵을
애장품 같이 한 손에 거머쥐고는
입술은 지나간 추억을 어루만진다
연어의 새궁처럼 혀의 돌기는
깊은 수심의 물길을 유연하게 가른다
요맘때가 눈보라처럼 옷 속으로
스며드는 날에는
길가에 선 포장마차에 발길이 머무른다
지나칠 수 없어서이지
둘이서 가림막 안으로 냉큼 들어서게 된다
따끈한 다시마 국물을 마시다
온몸 노릇하게 그을린 호떡을 바라보다
하나 청하여 한입 베어 물어본다

윤회에 들어서다

초겨울이 세상을
제것처럼 독차지한다
주인행세는 박힌 돌을 빼냄으로
반전이 시작된다
때는 이별의 흔적을 남기며
다시 되돌아오겠노라
거리에 버린 유서가
혈서처럼 온통 낭자하다
산책로 의자에 앉아 수의 같은
낙엽을 든다
잎 구멍 속으로 프리즘처럼 새어드는
봄 여름 가을 겨울아

둔갑술

마당에 놓인 화분 하나
얌전히 앉은 고양이네요
바다 그물 부레와
그 아래 재래식 약탕기를
이어 붙여놨네요
머리 위의 고리 두 개는 개구리 눈 같고
아래 몸통 손잡이는 고양이 꼬리 같네요
얼굴에 벌려진 큰 입안에 화초가 무성해요
비눗방울처럼 웃음 거품 머금었네요
반인 반어
인어라고 하는데
쟤는 뭐라 해야 하나요
개굴양이
그리 부르고 싶어지네요

수필

비법을 고안해 내다

입춘이 지나간다. 출퇴근 하려니까 아직 날이 꽤나 추웠다. 매일 반복되는 일이다. 강변 주차장에 차를 항상 세워두곤 한다. 이곳은 얼마 전 꽁꽁 축제로 북적거리던 장소다. 화양강에는 이벤트를 위해 무수히 뚫어놓은 얼음 구멍이 빙판 위에 나 있었다. 소식을 듣고 사람들이 제법 옹기종기 모여들어 왔다.

현장을 감시하는 요원들이 없으니 참으로 좋겠다 싶었다.

행사가 끝나고 얼음 밑에 아직 남아 있을 많은 물고기를 낚으려고 사람들이 모여드는 것이다. 송어를 잡아 올리는 모습들을 보면서 들려오는 소문대로 강태공들에게 재미가 무척이나 쏠쏠한 모양이었다. 한 자루나 잡아갔다는 기도 안 찬 말들이 읍내에 헤엄치며 돌아다닌다.

나의 절친은 그곳으로 출조를 자주 나가는데 3~4마리는 늘 잡아 오는 모양이었다. 그러리라 생각을 했다. 무척이나 고소하겠다고 입장료 없이 무제한으로 포획해 갈 수 있으니 거져라는 유혹이 낚시꾼들에게는 얼마나 짭조름하고 간간하였겠는가, 짐작해 보니 그 속내를 충분히 가늠할 수 있었다.

송어를 잡아 올리는데 사람마다 아이디어가 가지가지다. 콩만한 작은 돌을 호주머니에 많이 챙겨와 얼음 구멍에 수시로 집어던진다. 이유인 즉슨 양식한 녀석들이라 먹이 줄 때 사료 떨어지는 물소리를 내면 조건 반사에 의해 많이 모여들 거란다.

어떤 사람은 연어 알을 가져와 미끼로 사용한다. 송어가 몹시 좋아하는 먹이란다. 또 소시지를 잘게 썰어 바늘에 끼우면 잘 물린단다. 송어는 맑은물을 좋아하기 때문에 물 들어오는 위쪽에서 낚시를 담가야 잘 잡힐 거란다.

행사장에서 먹이를 아침 일찍 뿌려주기 때문에 저녁이 되어서야 배고파 입질이 잘 될 거라고 말한다. 야간에는 집어등처럼 전등불을 비추는 사람들도 있다.

그렇게 가지가지 수다를 떨다가 순간 뇌리에 스치는 묘수가 하나 부유물처럼 벼락스럽게 떠올랐다. 이렇게하면 되지 않을까? 송어는 한류성 어종이지만 한겨울에는 아무래도 수온이 춥겠다. 그러니까 따스한 무언가를 강 바닥에 납작 담그면 열기에 예민하게 반응하지 않을까? 악어가 체온을 유지하려고 햇볕 쪼이려는 이치라 하겠다. 볼펜 스프링을 빼내서 가는 전선을 연결하고 추를 매단다. 랜턴후라쉬에 들어가는 대형 배터리 연결을 한다.

아무리 냉수 어종이라도 난로 같은 온기에 호기심을 보이지 않을까? 어린 시절 우리는 겨울에 양지쪽을 무작정 좋아했다. 틈만나면 햇볕 잘 쏟아지는 장소에 모여들어 구슬치기, 딱지치기, 비석 치기 놀이를 즐기곤 하였다. 판자벽에 일렬로 달라붙어 일광욕에 몰입하기도 했다. 이른 봄 양지바른 곳에는 더러 뱀이 기어나와 도사리고 앉아 있다. 햇볕에 맛사지를 하는 중이다.

처서가 지나면 모기의 입이 비뚤어져 빌라 문을 열어 출근하려고 밖으로 나서면 복도의 벽에 달라붙은 모기들이 사력을 다해 집안에 들어가려고 애를 쓴다.

'얘들아'

어림도 없다.

일거에 해치우려고 나는 권법을 휘두른다.

그리고 보면 온기란 어느 생명체나 다 간절하게 필요한 주요 요소이기는 마찬가지 입장이 아니겠는가, 금붕어를 맨손으로 잡으면 사람의 체온에 화상을 입는다 하지 않던가, 내가 고안해 낸 장치를 물 속에 내리는 날에는 분명히 별일이 된다.

대형 사건이 벌어지고야 말 것 같았다.

어떤 사람은 전기장판을 둘둘 말아 넣으면 좋을거란다.

220볼트 전기를 끌어다 써야 하는데 전봇대도 없고 어쩌라고,

아이고...

'하하하'

당연히 무리지어 송어가 떼로 모일 거라고 상상을 했다.

낚싯줄에 바늘을 여러 개 달아 훑치기를 한다면 '흐흐흐' 발끝

에서 부터 간지러움이 머리 정수리 까지 타고 들어왔다.

　다음 송어 축제가 오기를 기다린다. 그게 잘 되겠느냐는 의구심의 말에 본떼를 보여주겠노라고 속으로 벼르고 말았다.

　벌써부터 손끝에 짜릿하게 전류가 흐르는 것이다. 혼자서 비기를 발견한 통렬함이랄까 기분이 아주 좋아지고 있었다.

　벗들과 '할매순대국밥집'에 둘러있아 술잔을 빙빙 돌리고 있었다. 에라이, 그렇다고 해서 이참에 우월함에 취해 오늘은 내가 한턱 낸다고 으스댈 것 까지야 없겠다.

저금통

불우이웃돕기

어느 날 선생님 같으신 분과 여학생이 나의 가게에 들어선다.

"아저씨 이 저금통 여기에 놓고 가면 안 될까요"

손에 들려진 것은 불우이웃돕기 저금통이었다. 은행이나 관공서에 드나들 때 보던 익숙한 물건이었다.

나는 가끔 이 저금통과 마주치게 되면 동전이나 지폐나, 큰맘 먹을 때는 파란 배춧잎을 넣기도 했다. 여학생의 부탁이 짠하게 귀로 전율처럼 밀려들어 왔고 나의 행실이 들켜버린 듯 반가워했다. 세탁소에도 이런 걸 설치하러 오다니 궁금하다가도 흔쾌히 승낙하였다.

웬 뿌듯한 기쁨이 드는 것일까?
선생님께서 이광범 하며 호명하는 듯 흐뭇하였다.

이곳에선 나의 예감처럼 동전이 쉬이 차오르지는 않았다. 일을 열심히 하다가 힐끔 쳐다보게 되고 어떤 날은 저금통에서 눈빛이 나를 째려보는 듯 놀라다가 얼른 넣어줘~잉 배고파 떼를 쓰는 것 같았다. 텅 비어 있으면 가슴 한쪽이 찔려오다가 나의 금고 통을 열게 되고 동전을 여러 개씩 넣게 되는데 그렇게 며칠 몇 달 세월이 흘러갔다. 가끔 무심코 저금통과 마주치게 되면 나는 서슴없이 동전을 다시 넣게 되었다. 어쩌다 손님이 주머니를 뒤적거리다 동전을 넣고 간다.

세탁하다 보면 드럼통 안에서 낙전이 가끔 생겨나 구른다.

주인이 누군지 알 수 없는 돈을 주우면 경찰에 신고하듯 저금통에 가져다 넣게 되었다. 그리고 보니 익명의 누군가는 십시일반 이웃을 도와주는 마음을 담게 되는 것이었다.

사과만 한 크기라서 많아야 오만원쯤 들어가기나 할까?

수거 때가 되어 여학생이 거둬 가는 날이 온다면 꽉 차 있어야 할 텐데 은근히 근심거리가 나에게 덤이 되고 있었다. 그러다 보니 시간이 흘러 저금통이 가득 차게 되었다. 전화기 옆에서 늘 그 자리를 지키고 앉아 있다니 눈꺼풀만 껌뻑거리며 졸고 있는데 뻘쭘해 보인다.

학생이 잊어먹었나 ?

작은 거니까 신경도 안 쓰는 모양이다.

1년... 그쯤은 되지 않았을까? 안 가져가면 어떻게 하지 곤란한 잡념들만 미안스럽게 저금통을 연신 위로하였다.

며칠 전부터 심기가 예전 같지 않았다. 찜찜해진 이 2% 부족한 기분은 도대체 무어란 말인가, 그리고 보니 저금통이 사라지고 없었다. 어쩐지 허전함이 감돌더니만 내가 회장실 들어갔을 때

가져갔나 보다 싶었다. 인사라도 남기고 갔더라면 참 좋았을 텐데, 홀연히 관심을 잃어버린 서운한 기분이 들었다. 그 학생은 오래전 저금통 속에다 맡겨둔 사랑을 잊지 않았을 것이다.

찾아갔나 보다,
그 사실에 다행이라는 안도감이 강물처럼 흘렀다.
타박 대신에 기쁨이 두 배로 남겨지는 것이다.
???
아뿔싸! 걷어 갔으려니 짐작했던 저금통 하나가 그만 전화기 뒷면 틈새로 굴러떨어져 있었다. 탁자를 틀어 저금통을 끄집어 올리게 되었다. 뇌리를 스치는 당부의 말이 그제서야 머리에 겨우 떠올랐다.

"사장님 저금통이 다 차면 여기 적혀 있는 전화번호로 연락 주세요"

머리가 띵 하게 아려왔다.

봄처녀

　요즘 우리 방안에 낯선 손님이 들어온다.

　나른한 몸을 일으켜 창문 열고 밖을 내다보려니 그 틈새를 비집고 따스한 고운 바람이 겨드랑이 사이로 살랑거리며 불어 온다. 얼음을 부수고 강을 밟으며 봄이 걸어오는 줄 알았다. 어느날 오일장에 꽃이 제일 먼저 와서는, 슬근거리며 누군가 우리 집으로 유기견처럼 따라들어 왔다. 도꼬마리 씨앗이 옷에 달라 붙어 옮겨간다는 이야기는 시 한 편 읽으며 알게 되었는데 그럴 수 있겠다 싶었다.

　어릴 적에 아버지는 마당 한구석에 누렁 개를 기르셨다. 봄에 새끼를 낳으면 강아지들이 어미의 젖을 빨았고, 나는 귀여워 자주 안아주고 쓰다듬었다. 그리고 보니 몸이 가려워지면 내복에 숨어들은 벼룩을 자주 발견하기도 하였다. 호기심에 강아지 발가락을 벌려서 벼룩을 보곤 하였다. 틈에 오밀조밀 달라붙어 젖을 빠는 모습들을 보면 아기들이란 어느 것이나 하나같이 앙증맞아 보이기는 다 마찬가지였다.

　그런 것은 아니겠지만 봄은 우리 집이 좋았던 모양이었다. 지난

초겨울부터 자리를 비어버린 화분을 베란다 구석에 쌓아 두었는데 화분마다 하나씩 다시 봄이 여왕벌처럼 들어와서는 제집처럼 살림을 꾸려놓는 것이다. 온실 구실을 제대로 하지 못하던 베란다를 끼고서 여태 살아온 터라 하는 수 없이 겨울이 오면 화초의 숫자를 줄여야 하는 결과이기도 하였다.

나이가 들어갈수록 성품이 유순해지게 마련이었다. 나를 보면서 봄마저 엉겨 붙는 이 일을 어쩌지 못하고 자꾸 벗이라도 들이는 것처럼 신나는 일이 되고야 말았다. 마누라는 나와 6살 차이가 난다. 이제는 젊은 여자라고 문득 생각하기도 한다. 마누라는 속으로 나를 영감이라고 대할지도 모르겠다만, 자꾸만 화초를 사들인다고 돈이 썩어난다고, 새것을 볼 때면 입술을 삐쭉거리며 심술을 떨곤 하였다.

내심은 그렇지 않다는 것을 잘 알고 있다. 괜히 고마우면서도 집사람은 딴죽을 걸어대기만 하였다. 연애를 할 때는 살짝 튕겨대면서 못 이기는 척 마음을 허락하던 그사람 아니었던가, 지금에 와서 옛일을 돌이켜보니 잘 알 수가 있었다. 생활습관이란 버릇으로 뒤바뀌게 마련이었고, 그러다 보니 당연히 봄을 데리고 집으로 들어서는 건 순전히 나의 취미가 되어버렸다.

중년 아낙네가 공주병에 걸려서 소파에 편히 누워 있었다. 말질만 퍼대는 얄미로움을 보다가, 그래도 저 아내꽃이 사계절 내내 한 지붕 아래서 변함없이 피어 있다는 사실을 생각한다면, 세상에서 제일 어여쁜 꽃이었더라 말해도 되겠다.

꽃이란 옹기종기 모여있을 때와 여자가 거울을 보며 화장을 하고 있을 때가 더 아름답다는 사실을 엉큼한 영감 만이 알아차릴 뿐 젊은 여자는 아무것도 모르고 긴 의자에 누워서 티브이만 시청하고 있었다.

메밀꽃 축제

메밀꽃을 몹시 만나고 싶을 때가 있다.

봉평으로 미친듯이 달려가보니, 안개꽃 흡사한 아이들이 들판에 널부러져 꽃투성이를 보인다. 오고가는 많은 사람들에 둘러싸여 손님 맞이를 한다. 설레움에 잠못들었을 뒤척임이 너른 들에 청순하게 물결을 친다. 사람도 무리지어 오가면 파도처럼 일렁거리는 구나 싶어 수 없는 발걸음에 놀란다.

DJ BOX에선 밥 딜런의 노래가 샘처럼 새어 나오고 이국적 팝송의 정취가 색다르게 뭉쿨거리며 젖어들었다.

이어서

이용의 잊혀진 계절이 광장의 축제처럼 익숙하게 흐른다.

10월의 마지막 밤이 온다는 의미를 담았는데 한가롭던 산책길이 마구 9월을 떼놓을 듯 달아나려 애쓴다. 너무 서두르지 말아야겠다. 소금 같다고 이효석은 탄식하지 않았던가 들판을 보니 다

급함에 실수로 가미니채로 넘어트린 것 같지 않은가, 하룻동안에 다 쓸어 담을 수 있기나 하려는 건지 질펀하기 그지 없었다. 계절은 언제나 되돌아오지만, 지금 이 자리의 이 마음은 영원히 가슴 속에 추억으로 남으리 정지된 시간을 어김없이 사진처럼 품어 돌아 갈 것이지만, 다만 마음이 동하게 되면 동영상처럼 기록을 가끔 펼쳐보게 될 것이다.

DJ의 유머 한 구절이 귀에 농으로 들려온다.

"나이 드신분들은 왜 그리 급하신가요, 살 날이 얼마 남지 않아서 그러신지요, 신청곡을 잠시도 기다리지 못하시네요. 누릴 것이 뭐 그리 많으시다고 다급하게 가시려는 겝니까."

익살스러운 진행자의 핀잔이 닭살처럼 귓구멍에 파고 들어와 머리를 온통 간지럽혔다. 실구멍 난 타이어 튜브인지 나의 얼굴에 웃음이 실실 새어나오고 말았다.

봉평읍내는 오늘이 마침 오일장이다. 북적이는 많은 사람들을 비집고 우리도 장터에 들어섰다. 구경시장은 이러한 구수한 맛으로 어울리려고 찾아온다. 이리저리 둘러보다가 뒤섞이고 싶어 지는 것이다. 수수부꾸미를 굽는 할머니의 기름 냄새가 호객을 한다. 특산물에 기이한 버섯류가 호기심을 자극한다. 도라지 더덕 인삼 연근 뿌리가 알몸을 자랑한다. 옷 장수가 진열해 놓은 몸빼 바지에 눈길이 머문다. 거리의 국밥집 유리창 속으로 사람 들일

자리가 없다. 나는 여전히 꽃장수 앞에서 기웃거리다 다육이 두 가지를 산다. 괴마옥, 쿠페스트리다. 제법 비싸긴 했지만 시중 가격보다 저렴해서 군말없이 대금을 지불 하였다. 주인 아주머니는 궁시렁대지 않은 손님이 이뻤던지, 알아서 2000원을 할인해 준다. 생각지도 않던 에누리에 작은 돈이 덤처럼 기쁨을 쏠쏠하게 안겨주는 것이었다. 즐거웠다. 예전에 써놓은 시가 한 편 생각이 났다.

** 오일장 **

장터에 나가면
기웃거리는 재미가 난다
뭐 별거 있나 하면서도
별거를 찾게 되는데
어따 모르겠다
순대국밥에
탁주 한잔 넘겨야 쓰겠다
그려
친구 몇 불러야 하겠다
혼자 마실 수도 있으나

영 습관이 안 돼 아무 재미가 없다
장마당은 그런 곳이다
함께 어울려야 하고
깎아야 흥정의 제맛이 나고
탁주 잔에 손가락 빙빙 저어야
알싸하게 목구멍 간지르고
거리를 휘~이 둘러보아야
사람 냄새가 난다

옮겨심기

오늘은 장날이다. 동양란 대국 한 촉을
장마당에서 사왔다.

저녁에 일을 마치고 집에 돌아와 베란다에서 적당한 빈 화분을
찾으려니까 마땅한 것이 없었다. 화초가 이미 다 살고 있어서 너
방 빼라 인정머리 없이 굴려니 망설여졌다.

다음에 화분 하나 사와야 겠다고 마음 고쳐 먹었다. 그렇지만
까먹지나 않으려는지 도통 내게 자신이 없는 것이다. 안되면 다
음에 옮겨 심으면 되고 또 안되면 다음에 하지 뭐 그리 편리하게
마음 먹기로 하였다.

난초는 식성이 파충류와 비슷하였다. 흠뻑 물을 먹으면 1주일
은 거뜬히 지내고도 남으니 생리가 참으로 편리하지 않은가 나의
기억력과 행동의 코드에 잘 맞으니 몸에 꼭 맞는 안성맞춤형 옷
같은 녀석이었다. 이래저래 여러 날을 지나가도 집에 돌아오면
손이 늘 빈 털터리었다. 기껏해야 군것질 거리와 세탁소에서 빨
아 온 옷 비닐 봉지다.

"참~ 늬 장모님이 살아 생전에 말마다 바보가 된다."

습관처럼 푸념하시더니 요즘들어서 내가 그 증상을 적나라하

게 따라 하는 처지가 되어 있었다. 시를 자주 쓰기는 하지만 어휘력의 확장성이 항상 제자리었고 전문적 언어를 구사하려 단어들을 외우려 해도 돌아서면 머릿 속은 깜깜하고 별로 남는게 딱히 없는 현실이었다. 에구구 그냥 되는대로 하면 된다는 게 요즘 나의 궁색한 생활 자구책이다.

그러한 가운데 플라스틱 모종 화분에 앉아 있는 대국난을 난감히 쳐다 보려니 아니되겠다. 싶어졌다. 추위를 대비하여 방안에 옹기종기 피난을 시킨 화초들을 물끄러미 보다가, 시름거리는 다육이 하나가 눈에 들어왔다.

저 아이는 수분 조절이 잘 안 되어 통통하던 잎이 시들어 찌그러졌고 웃자라 볼품없이 변해서 키가 멀대와 같았다. 화분이 수제품이라 멋스러운데. 선이 고급스러워 영 서로 잘 어울리지 않았다.

그러고 보니 어째서 내 머리속에 새끼 사자가 떠오른다냐, 절벽에서 떨어트려 살아난 강한 놈만 거둔다는 사바나 세렝게티 초원의 비장한 교훈이 생뚱맞게 뇌리에 떠올랐다.

그것이 사실인지 모르겠다만, 저 다육이는 이미 제대로 균형잡아내기에는 희망이 전혀 없어 보이며 처지고 있었다. 구실이 생기는 일이라 생을 거두어야 겠다고 마음 먹었다. 단 1식에 망설이지 말고. 결정해야 하고, 사후 처리를 깔끔하게 진행하는 게 차라리 서로에게 좋다고 생각했다.

쳐다보려니까 쟤가 조금 몸을 움찔대는 것 같았다. 그렇지만 어쩌겠는가 안락사 시키는 것으로 이해 해야지, 나는 베란다에서 얼른 옮겨심기를 끝내버리고 방안으로 가져와 화분 선반에 대국난을 슬그머니 끼워 넣었다. 동료들이 혹시나 눈치챈 것은 아닌지 조금 걱정스럽기도 하였다.

오늘 밤에 잠 편히 잘 자기에는 다 틀려버린 것 같다. 식구나 다름없는 화초를 멀리 영 보내는 일이란 가슴 착찹한 짓이기야 다 마찬가지 아니겠는가... !

어버이날

1

카네이션에 달린 리본을 바라보려니까
어버이날이 이니셜처럼 까만 글씨로 적혀 있다.

"어버이 은혜, 감사합니다"

언제부터 시작되었는지 모를 표어를 보면서 언제나 변함이 없는 부모님의 속내를 닮았다고 생각했다. 이제 내게는 달아 드릴 가슴이 없다. 꽃바구니를 갖다 드릴 자리도 없다.

해마다 습관처럼 우리에게 찾아오는 기념일이지만 홍수에 다리가 끊겨 멈춰버린 버스 한 대처럼 육중한 정적이 뇌리에 중력이 되어 짓누르고 있었다. 일 년 만에 배달되는 느린 우체통이 강릉 경포대에만 있는 줄 알았었는데 나의 가슴 한쪽에도 고스란히 하나 설치되어 있었다. 5년 전인가 경포대에 해돋이 보러 갔을 때를 회상하면서 시 한 편을 쓰게 된다.

아래로 간 사랑

깊은 밤이면 30촉 전등불 아래서
머리를 끄덕거리며 양말을 꿰미이시던
어머니를 보았습니다
편도선에 걸리어 앓아누우면 군불 때어 주시고
곁에서 이마를 짚어 주시던
어머니를 보았습니다
만두가 먹고 싶다며 칭얼대고 떼쓰면
허리춤의 요긴해 보이는 쌈짓돈을 풀어내시던
어머니를 보았습니다

문득
성장하는 내 아이들을 가끔 내려다볼 때면
부모의 마음을 전혀 모르는 듯하였습니다

자식이란 거
천하 고아가 되고 나서야
일 년 후에 배달되는 느린 우체통처럼
눈물 젖은 편지 한 통이 어느 날 갑자기
날아듭니다

2

　어버이날 하루 전이 되면 꽃집마다 거리에 나와 좌판을 꾸린다. 까맣게 잊고 지내다가도 판매대를 보게 되면 고맙게도 그날을 알아차리게 되는 것이었다. 장사꾼은 장사를 하자는 것이겠지만 생활전선에 쫓겨 까맣게 잊어버리는 사람들에게 참 고마운 일이기도 하다. 지나가는 길에 카네이션 꽃바구니를 보다가 문득 지팡이 짚고 걸어가시는 할아버지에게 시선이 멈춘다. 지나온 세월이 저 노인을 얼마나 붙잡고 늘어지는지 느린 걸음을 하며 어디론가 걸어가신다. 안스러움을 품으며 세월의 야속함을 쓸어내렸다. 그러다 가게에 돌아와 잊어버릴세라 스마트폰을 꺼내어 밴드의 지인들과 댓글을 부지런히 적어 내려갔다. 불현듯 시상이 하나 떠오른다.

　그리고 여러 번 퇴고하여 감사의 마음을 정성스레 여기에 담아 본다.

어버이 날

등 굽으신 노인을 보았는데
부모님의 고단함이
내 가슴을 향해 미끄럼을 탄다
얼굴의 골 주름을 바라보다
자식 키우시며
땀, 눈물 흐를 고랑이 많음을 깨달았다
지팡이에 의지하며 걸으시는 모습은
여전히 홀로 서심이었다
내게 전율이 회한처럼 일어난다
늘 가족을 위해 온몸 아끼지 않으셨을 테지
어르신의 깊은 사랑 가늠할 수 없었다

오늘의 하루는 어버이날 이브가 되어 내일을 향해
어김없이 다가가고 있었다.

착각과 오해

 손님이 가계에 들어선다.

 일전에 맡겨놓은 세탁물을 찾으려고 들른 것이다.

 직업이란 삶을 영위하기 위해 돈을 버는 수단이라서 늘 고객을 친절하게 맞는다. 점심을 먹으려고 마트에서 김밥을 사올까 했다. 실행의 틈새로 한 분이 막 가게 출입문을 비집은 것이다. 일이란 언제나 우선순위에 따라 진행되게 마련이었다.

 나는 가계 문 열쇠를 다림판 위에 올려놓고 세탁물을 찾아 손님에게 건네주어야 했다. 일 처리를 마쳐야 하고 재차 가게문을 잠그며 길을 나서려 했다.

 그런데 조금전 다림판에 올려 놓았던 열쇠꾸러미가 어디로 사라졌는지 도통 보이지 않았다. 발이 달렸나 툭하면 모습을 감추고 말게 가끔 벌어지는 일이라 차근차근히 찾아 나갔다.

 한참 동안 가게 안을 샅샅이 들추고 애를 썼건만 그림자도 없었다. 자주 반복되는 일이라 왜 벌써 이러냐고 세월에 무기력함을 타박한다. 그러니까 옷을 반 접어서 손님이 가져가기 편리하라고 큰 비닐봉지에 넣어드렸다. 다림판 위의 열쇠 뭉치가 사라지고 없다. 말하자면 거기에 딸려 들어가고 말았던 것이다. 아이고 이런이런 아무래도 그 손님이 집에 가져가야 꺼내 볼 일이고 열쇠가 바닥에 떨어져서야 이윽고 세탁소에 전화하여서 가져다 주겠노라고 말을 할 테지 기다리면 되지 않겠느냐고 속을 위안하며 달래게 되었다. 한시간쯤 시간이 흘러갔다. 이 궁리 저 궁리를 하게 된다.

그런데 왜 여태까지 안 가져오나 전화라도 해주면 좋겠는데 장부에 연락처도 없다. 뭔 사람이 그러냐 넉두리만 조바심처럼 뇌리에 툴툴거렸다. 어휴 내가 잘못인 거지 남 탓을 왜 하냐고 아이구 머저리야 자학을 한다. 저녁에 볼 일이 있어 춘천에 꼭 넘어가야 하고 필연적으로 마음만 조급해지게 마련이었다. 대책을 강구하려니까 하이카가 떠오른다. 차 안에 예비 시동 키가 있으니 차 문만 딴다면 우선 급한 일은 해결되겠다 싶었다. 아무래도 주차장에서 기다려야 하니까 조금 일찍 점포를 닫고 나서야 하겠다고 서두르게 된다. 부랴부랴 금고 통에 있을 가게 예비 열쇠 하나를 찾았고 옷걸이에 걸린 외출용 파카 잠바를 하나 꺼내 들었는데 호주머니에서 쇠가 부딪히는 익숙한 소리가 났다.

아주 귀하게 들리는 인기척에 반가움이 해일처럼 쓰린 가슴에 밀려들어 왔다. 그랬었구나 그랬던 거구나 자신의 건망증에 다급히 실망해버렸다.

나는 열쇠를 집어 들어 다림판에 올려놓았던 것이 아니라, 외출용 파카 잠바 호주머니에 넣어 옷을 갈아입으려다 그대로 멈추고 손님맞이를 하였던 것이다. 열쇠는 옷속에서 된통 배꼽을 잡고 웃어댔구나 그리고 보니 나도 모르게 흥분을 하게 되었어, 쓸데없는 착각과 그로 인한 오해로 심기가 불편해지고 남탓을 증거없이 저질렀던 것이었다. 요즘 들어서 나의 기억력은 쉽사리 해외 출장을 다녀오곤 한다. 이거야 원 저 스스로 자세하게 살펴보지 못했던 결과이니 누구를 탓할 구석이란 아무 데도 없었다.

아니다. 조심성이 없었던 것이 아니라 기억력이 잘 끊어지는 원인 때문이다. 왠지 연식이 야속해지고 있었다. 익어간다는 말이 절대 이러한 뜻은 아닐 텐데 지금 뭐 하자는 거야 하고 구시렁구시렁 대며 툴툴 거려본다.

괴성을 몇 발 목에 장전하여 힘껏 소리 질러대고 싶어졌다.

착각과 오해로 발생하는 결과는 오래도록 나쁜 기억으로 남게 마련이다. 열쇠의 분실이 쉽사리 규명되었기에 망정이지 드러나지 않았더라면 엄한 사람을 두고두고 나쁜사람으로 치부해 버릴 뻔 하였다. 본의 아니더라도 내 자신에게 화가 치밀어 목까지 올라왔다.

얼마전에 단골 손님이 위탁한 옷을 찾아가려는데 점퍼 1점에 문제가 발생하였다. 외국에 자주 여행을 하시는데 옷 브랜드가 만만치 않았다. 팔 소매에 쌀 알 크기만한 타원형 구멍이 2개 생겨난 것이다.

옷을 깨끗하게 입는 신사분이라 별도의 전처리 오점 제거작업 없이 세탁만 해도 되었는데 사고가 벌어진 것이다.

접수 할 때 구멍이 없던걸로 알았는데 상황이 이리 되었다면서 담배불일 수 있다 말을 하니까 흡연하지 않는 사람이란다. 다행히도 괜찮다고 말씀하시며 찾아가셨다.

그 후 며칠이 지나도록 내게서 불편함이 떠나가지 않았다.

그러다가 어느날 좀구멍이었구나 원인이 뒷북치듯 머리에 떠오르는 것이다.

섬유에 좀이 쓸면 다 갉아먹어서 구멍이 난 상태도 있지만, 살짝 겉을 쏠아버린 경우는 세탁하는 과정에서 새삼스레 구멍이 선명하게 드러나게 된다. 손님에게는 사고 설명이 잘 전달되지 않는 경향이 많다. 가져올 때는 멀쩡했다는게 이해의 출발점이니 당연할 수 밖에 없는 상황이었다.

이렇게 망할데가 있나 그 손님은 너그럽게 이해하고 돌아가셨지만 다시 우리 가게에 찾아주시려는지 의문스럽기도 하고 가슴이 답답해오는 일이었다. 다시 해명의 순간까지는 가끔 오해를 떠올리면서 나는 몇 단계 아래의 사람으로 피해자의 심중에 구분되어 있을지도 모른다.

이래저래 노동의 댓가로 돈 받아내는 일이란 스트레스가 쌓이고 마음 고생이 이만저만한게 아니었다.

세탁물을 항상 깨끗하게 만들어 준다며 고맙다고 고급 치약 세트를 선물해 주셨었는데 두고두고 마음의 짐 되어 미안함이 얼룩처럼 남고야 말았다.

출국

스마트 폰

문자를 뒤적거리는데 100만원이 계좌에 늘었다?.

잘못 보거나 착각인가 그럴리야 있나 하면서 무심코 다른 것들을 죽죽 넘기며 훑어본다.

아내는 거실 소파에 누워 통화를 한다. 호주 딸과 수다를 떠는 중인데 사이사이 가슴이 철렁거린다. 농담 섞인 이야기 중에 부분부분 끊어 들으니 불안한 말만 들린다. 프라이팬을 사용하고 잘못하여서 그만 허벅지를 데었다는 것이다. 아파서 서러워 울었다는 것이다. 그 말에 또 심실이 철렁거린다.

아이들이란 어디에도 아프지 않은 구석이 없었다.

조금 전 문자에 입금이 뜨더니만 딸이 없는 돈에 송금한 것이다. 맛있는 것 사 먹고 연말연시 잘 지내라고 대답을 한다. 아내는 한다는 말이 많이 보내란다. 설마하니 쓰겠냐면서 불려 주겠노라 허세를 부린다.

쳇! ~ 돈이 무슨 검정콩인가 물에 넣기만 하면 몇 배로 불어나게 속으로 입술 삐쭉거리며 중얼대다가 먼 나라에 나가 있으니 당장 달려갈 수도 없고, 뭐 요즘이야 쉽사리 통화가 가능하고 스카이프나 캬톡 연결하면 화상통화가 무제한 공짜로 연결 할 수 있으니 얼마나 다행이던가 국제전화 비싼 통화료를 물어주며 쌍으로 쓰린 가슴을 달래던 그때를 생각한다면 그래도 조금은 안쓰러움이 나았다.

내일은 새벽 4시쯤 일어나야 하는데 기억에 새기다. 그러다가 어느 사이에 잠이 들어버렸다.

잠결에 거실이 부스럭거린다 아들이 일찌감치 일어나 샤워를 하고 여행용 가방에 물건을 챙겨 넣는 소리에 나는 잠이 깨인다. 침대에서 일어나 고양이 세수를 한다.

벽시계를 쳐다보니 4시 50분이다 5시 50분 차에 맞추려면 얼른 나서야 했다. 홍천읍 내에는 인천공항 이용자가 많지 않아 하루 3회 운행되는 거로 안다. 새벽 이동을 해야 해서 우리는 짐을 챙기어 거리로 나섰다.

외국 유학을 하다 한국에 돌아와 국방의무를 마치고 출국하려는 것이다. 아들은 입대하기 전 군대 안가는 방법을 나름 모색하는 듯 했다. 전역하여 돌아와서 들려주던 말이 생각난다. 군대 갔다 오길 잘했다는 것이다. 아빠 말대로 후련하다고 했다. 그러길래 내가 뭐라고 하든 매도 일찍 맞는 것이 났다고 언제든 귀국해도 떳떳하지 않겠느냐고 말했다.

지금에서야 아들을 다시 복학시키려하니 그동안의 공백이 커서 우려스럽기는 하다. 강의를 제대로 들으려는지 걱정이라는 아들 말에 뾰족한 것이 내 심중을 찔러왔다. 그렇기는 하다. 병역 의무를 꼭 회피 하자는 것이 아니라 그런 말 못 할 애로가 있구나 안타까운 이유에 미치려니까 아들의 처지가 측은하게 다가왔다.

별로 이렇다. 해줄 말이 없었다. 잡다한 말을 나누다가 나름 자위의 격언이 한 구절 떠오른다.

'이 또한 지나가리라'

문득 득도의 팁처럼 깨달음이 스쳐 갔다.

"찬홍아 세월이 참 빠르지 않니?"

엊그제 같은데 벌써 네가 다시 출국하는구나 아들은 그렇다고 대답을 했다. 아들이 처음에 출국하던 날은 공항에서 이별의 안타까움을 쓸어내려야 했다. 잘못되면 어쩌나 불안투성이였으니까 여러 번 반복되다 보니 부모님이 군대 말년휴가 나오는 아들을 먼산 보듯 내가 그리하는 것이다.

공항 다녀오면 당신 힘드니까 아들은 버스 타고 가라는 아내의 말이 한 짐 덜은 듯 고마움을 느끼게 하였다.

그렇게 아들을 춘천시외버스터미널에 내려주고 나는 집으로 돌아와야 했다. 고속도로 하늘에 별이 드물게 박혀 적적하게 깜빡거리고 있었다.

동물의 새끼가 둥지를 떠나는 일은 희망을 좇는 일이기도 하지만 빈 공간이 남아 부모는 외로움이 배로 늘어나는 적적함의 공습이기도 하였다.

월정사

전나무 숲길을 따라 두 사람이 들어선다.

일주문을 통과하는 일이 되었다.

아름드리 고목이 길 양쪽으로 즐비하게 서 있었다.

수령이 칠 80년쯤 되어 보이는 가로수가 가득하다.

숲속의 정령들이 사열하듯 열을 맞추어 있다.

산 골 깊은 바람이 나무의 허리춤 사이로 들어와 숨에 이끌려 폐부 깊숙이 공기가 흡입되는 것이다. 피톤치드 가득히 몸속에 번지는 상쾌함이 사이다와 같았다. 주문을 외우면 꿈이 이루어지는 알라딘의 요술 램프처럼 나의 허파꽈리를 연신 어루만지며 들었다.

사월 초파일의 하루가 이렇게 우리에게 진지하게 다가왔다.

많은 사람들이 둘레길을 걸어 나오고 또 걸어 들어가고 있다.

신이 난 것인지 길 가 조형물에서 자세를 취하는 여러 사람들 요즘은 셀카봉을 들고 인증사진을 촬영하는 모습이 흔한 일상이 되어버린 지 오래다. 너 나 할 것 없이 의미있는 장소에서 추억을 오래 간직하려고 사진에 담는 행위를 한다.

꼭 필요한 일이겠지만 습관처럼 늘상 행해지는 버릇들이란 오히려, 뜻 깊은 하나를 찾으라 하면 어려운 일이기도 하였다.

그렇기는 하겠지만 얼짱 각도를 들이대고 멋진 장소에서 흔적을 남기려는 행락객들의 즐거움이란 외면할 수 없는 여행의 유희이기도 하였다.

어쨌거나 다른 사람들에게 눈살 찌푸리는 일이 아닌지라 한 번쯤 따라 해보는 것도 괜찮다고 쑥스러움에 불구하고 둘이 다정한 자세로 연출을 하게 되었다.

이곳에는 다람쥐가 제법 많았다. 팔 뻗어 냉큼 움켜쥐면 쉽게 잡힐 듯이 가까이에서 사람들을 무서워하지 않았다. 꼭 우리 동네 공원에 날아드는 비둘기 무리와 같았다. 살금 거리며 다가가면 냉큼 달아나고 뒤돌아서 모르는 체 하면 약 올리듯 친근하게 다가오는 술래잡기 놀이와 같았다. 그리고 보니 우리는 나 잡아봐라 영화의 한 장면처럼 닭살 돋는 연기를 깜찍하게 한번 해 보고 싶기도 하였다.

월정사 경내에 들어서니 석가모니 탄신을 기념하는 신도들이 가득하였다. 머리 위에는 무수한 연등이 소지를 달고 바람에 꼬리를 흔들어 댔다. 너른 마당의 무대에서는 축하공연이 한창이었다. 소란스럽기는 하였지만 구경하는 재미에 이리저리 기웃거리고 있

었다. 그런데 어라? 우리 함께 아니었었나? 곁에 늘 찰거머리 같았던 아내가 사라지고 없던 것이었다. 아무래도 어린아이가 아니었고 더군다나 예쁜 아가씨도 아니었던지라 평범한 아줌마라서 맘 태연하기는 하였다. 설마하니 누군가 보쌈하여 업어갈 리는 없겠다 싶었다.

여기저기 두리번 거리며 불안한 마음으로 찾아보았다. 한쪽 마당에서 절밥 나눠주기 행사를 한다. 그곳에 줄을 서서 환한 미소로 나에게 손짓을 하고 있었다. 치아가 유난히 가지런하고 희어서 표정이 동네의 소녀와 같았다.

그러면 그렇지 어디를 가겠어, 이 와중에도 신랑 챙기는 일을 빠트리지 않았다. 그저 공짜라면 우리 엄마 생전에 장독대에서 장맛 간 보실 때의 표정이랑 똑같다니까 글쎄 그래도 반가움에 얼른 그곳으로 한달음에 걸어갔다.

차를 타고 이곳으로 오면서 아내는 초파일엔 절마다 절밥을 공짜로 나누어 준다는 말을 몇번은 중얼거렸다.

'그게 그렇게 맛있나?'

의심스러웠다.
난 먹어본 적이 없었다.
이곳에서 역시 줄 서고 있었던 것이 아니던가, 맛있으니까 한번 먹어보란 말이야 이리로 와 그리 외치는 것 같았다.

봉사 요원들이 손에 나누어 주는 큰 종이컵을 들게 되었고 순서에 따라 밥 한 주걱, 무생채, 묵나물, 고사리, 고추장, 작은 종이컵에 된장국 한 국자, 숟가락을 함께 받아 거머쥐고는 먹을 곳을 찾아 자리를 이동하였다.

법당의 봉당에 앉아 많은 사람들이 컵밥을 맛나게 먹고들 있다. 우리도 염치랄 것도 없이 구석진 자리를 차지하고 부지런히 먹기 시작하였다. 나는 같은 일행이랍시고 새치기하듯 당연하게 끼어들게 되었고 예약한 자리와 마찬가지라 뒷줄을 흘끔거리게 되니 은근한 행복이 밀려들어 왔다. 역시 마누라를 그래서 조광지처라 부르는 건지도 모른다.

우리가 늙으면 자식이 혹여 부모를 져버릴지 모르겠지만, 둘이 한 세상 잘 살다 한 사람이 먼저 염라대왕 앞에 붙들려 간다 해도 나머지 한 사람이 곧 따라나설지 모른다는 든든함이랄까, 그런만큼 의리가 건달 세계보다 더 단단할 거라는 믿음이 부부에게는 늘 있는 것이었다. 그저 잘 챙겨주는 당신이 참 좋은 사람이었다. 점심을 해결하고 나니 졸음도 오지만 은근하게 기운이 솟아났다.

경내의 한 천막에서는 커피 봉사코너가 있었다. 내 어찌 지나칠 수가 있었을까, 종이컵에 커피믹스를 넣어 뜨거운 물을 부으니 커피콩의 분 냄새가 콧속을 간지럽혀 왔다.

잠시 처마 밑에 앉아서 아내와 말 섞으며 여유로운 알콩달콩 시간에 머물러 본다. 주위에 눈길을 내 던지다 때마침 동기와 불사 안내글을 보게 된다. 그냥 무심할 수 없었다. 밥값도 치러야 하고 우리는 밝게 웃으며 참새처럼 접수대에 날아갔다. 백색 유성매직을 들고는 진열대 동판 위에 손을 다소곳이 얹었다. 주소 가족 이름 그리고 소원성취 가족건강이라 기원을 적어 넣었다. 안내원은 아까 홍천 사람이 왔었다 라며 빙그레 웃는다. 왠지 부처님의 자비로운 미소가 그리 화답하시는 듯했다. 언젠가 세워질 법당의 지붕에 쓰일 보시라 생각을 하니 금방이라도 내 가정에 평화가 이루어질 것만 같았다. 공양을 하며 공덕 쌓는 수행이라 가슴 훈훈한 일이었다.

　멋진 장소에서 의미 있는 조형물에 기록을 남기는 일은 어쩌면 나도 기록할 유산을 가지고 태어난 귀한 존재일 거라는 자기 만족, 그러한 의미를 실감하는 일이기도 했다. 이어서 우리는 각종 만들기와 그림 그리기 행사를 기웃거린다. 카페 분위기의 청류다원 이라는 푯말이 눈에 들어왔다.
　아! 찻집이구나 덥기도 하고 목마르고 해서 잠시 머물기 위해 안으로 들어갔다. 무얼 마실까? 차림표를 살피다가 냉 오미자차 두 잔을 주문한다. 기본적으로 생각이 떠오른다는 것이 몸에 좋다지 신맛은 간으로 간다지 다섯가지 맛이 난다하여 오미자라지 차를 마시기도 전에 언제나처럼 뇌리속은 중얼거리게 되고 자동으로 효능의 내력을 읽어내는 것이었다.

주문한 차를 쟁반에 받쳐들고 차방의 테라스에 나가 탁자에 마주 앉으니 언제나처럼 둘만의 시간이 금쪽 같이 반짝이었다.

　바로 옆으로 흐르는 오대천의 물소리가 유리구슬처럼 들리어 온다. 개울 건너 산자락엔 초목의 풋살내음이 살터진다. 연초록 나뭇잎은 바람을 간지럽게 털어댔다. 맑은 햇살이 금실처럼 세상에 온통 허공을 뿌리고 있다. 산새 지저기며 우리의 다정을 축복하고 있었다.

　말 한마디 소곤거릴 때마다 겨울 빙판은 아닐 텐데 공기에 미끄러지듯 닭살이 귓속을 두두려 왔다. 서로의 눈빛이 마주치게 되면 정전기가 은근하게 일어났다. 주위 사람들이 알아차릴리야 없겠다만 자세하게 설명하자면 졸고있던 헌 사랑이 다시 불꽃 지피더라는, 그렇게 말하고 싶었다.

　서대수정암 인근의 테두리 두른 샘에서 우통수가 연신 솟아나오고 빼어난 경관에 어물거리다 금강연 물줄기가 하류로 밀려나가는 징한 곳이다. 언제나 여행지로 선택을 하게 되면 스마트폰을 꺼내어 그곳의 연혁을 살펴보게 된다.

　월정사는 1,400년 전 신라 효명태자(성더왕)가 재위 4년 만인 705년 지금의 상원사 터에 진여원을 창건함에 따라 동시에 문수보살을 봉안하였다고 한다. 경내 배치도를 살피고는 하루에 잘 구경하기란 넓어 어렵다고 판단을 했다. 오늘은 행삿날이라 사람이 많다. 다음기회에 조용할 때 다시 찾아와 구석구석 이도 잡고

빈대도 잡아야 겠다고 생각을 했다.

　우리는 편히 머물다 찻집을 떠나 퇴로를 돌아 천천히 걸어 나왔다. 건성건성 하자는 것은 아니다. 그렇다고 해서 좀 어쩌랴 이미 마음은 부처님께 절 삼 배 올리고 길을 내려오는 중 아니었던가 사월 초파일은 부처님 오신 날이기에 이런다고 해서 물러서는 잡귀는 아닐것이다. 우리도 진심으로 탄신을 경축하며 성불하는 귀한 날이라 하겠다.

하회마을

아침 일찍 출발하려던 것이 잠자리에서 딩굴거리다 오전 9 시가 되어서야 일어났다. '그렇치 일찍은 무슨' 어제부터 어디를 놀러 갈까 궁리를 하던 끝에 우리는 하회마을을 가기로 결정하였다. 잠자리를 털고 일어나 아침 일찍부터 소파에 누워 티브이 드라마에 푹 빠져있는 마누라에게 '가야지', '빨리 씻어라'하며 재촉을 한다. 다그치는 말에 집사람은 샤워실에 들어간다. 내가 먼저 씻으면 되는 걸 가지고 마누라에게 씻으라고 말해 놓고는 그동안에 좀더 누워서 게으름을 필 요량이었다.

여행길을 나서게 되면 찾아 가고자 하는 목적지가 순식간에 뒤바뀌는 일들이 종종 일어난다. 나는 왜 자꾸만 머릿 속에서 계획이 뒤바뀌는 것인지 야바위꾼 앞에 서 있는 심사를 도저히 이해하기 어려웠다. 이쪽을 가려니 저쪽이 궁금하고 저쪽을 가려니 옆구리가 구미에 당기는 것이 아닌가 청개구리 심보이다.

"그래 선택하는 길의 방향에 달려 있으니 우선 서울방향으로 가자, 양평이냐 고속도로 진입 이냐 강릉이냐 대구냐"

드디어 오늘은 어제 계획했던 대로 안동 하회마을로 곧장 향하게 되었다. 가끔 마누라는 어디를 가려면 미친년처럼 왔다리 갔다리 한다고 핀잔을 냅다 집어 던지곤 하였다.

두시간쯤 도로를 달리다 보면 휴게소는 통관의례였다. 습관이란 참 무섭다는 생각이 들었다. 휴게소 안내판이 나타나게 되면 은근하게 기대심을 갖는다. 호두과자와 어포가 유난히 떠올랐다. 집사람은 십중팔구 매직 핫도그를 집어 들게 되고, 우리는 한가지씩 간식을 사게 되는데 두 가지를 한꺼번에 즐길 수 있는 재치 담긴 방편이기도 했다. 자연스럽게 반반이란 무언의 불문율이 시작되는 것이다. 중식집에 들어가 음식을 시키게 되면 짬짜면, 탕짜면, 그런 개념이었다. 이 또한 궁금한 다른 한쪽을 한꺼번에 몸소 체험하려는 궁색한 지혜와 같았다.

네비게이션은 똑똑한 여인이었다. 아이큐가 1,000은 되지 않을까 목소리가 너무 예쁘지 친절도 하지 방향을 잘못 들어서게 되면 연신 벨을 딩딩딩 눌러대는 것이다. 차창 밖으로 오밀조밀 펼쳐지는 풍광을 감상하며 안내방송을 따라 달리는 사이에 어느덧 하회마을에 도착하였다.

우리는 하루 2끼 먹는 식사법을 이용하는데 건강을 염려해서다. 굶거나 아침엔 바나나 한개 사과 한개 밥 한 숟가락이나 아주 간단하게 해치우고는 점심과 저녁은 정상적으로 먹는다.

그러고 보니 허기가 제법 감돌고 있었다. 장터 마당 인파 속에서 기웃거리다 고풍스러운 한 식당에 들어선다.

우리 조선 시대에 와 있는 것인가 시간은 갑자기 정신 차리지 못하고 과거로 휙 뒤바뀌어 버린다.

열린 대문을 들어서고는 마당을 건너 봉당에 올라서니 신발을 벗었다. 쪽마루를 밟으니 사랑채 창가에 좌정하게 되었다. 천장에는 상량식 때 올려진 대들보와 서까래가 그대로 보인다. 조상님들의 향수가 뇌리에 슬쩍 풍겨오는 것이다. 우리는 간고등어 정식을 주문하였다.

안동에 오면 안동찜닭이나 간고등어 정식을 먹어주는 것이 바른 예의라 생각하게 된다. 혹시라도 누군가 물어본다면 간고등어 먹어봤니? 하면 설명해야 할 것 같기 때문이기도 했다.

간고등어 한 마리가 성질에 할복이라도 한 듯 반이 갈라져 노릇하게 구워져 나온다. 무말랭이, 깻잎장아찌, 멸치조림, 김치, 새송이 볶음, 미역국, 쌀밥 두 공기, 배가 고프던 차에 시장기가 반찬이기도 했지만 고소한 간고등어의 속삭임은 밥과 반찬과 어우러져 맛이 반지르르 윤기나는 일품이었다.

그렇다면 하회마을 동네의 풍경은 2품쯤 된다는 말인가 아리송하여 우리는 식후경을 든든히 단전에 챙기어 넣고 거리로 나섰다.

매표소에서 어른 2장 주세요. 입장권을 구입하여 민속 마을에 들어선다. 관광안내도를 들여다보니 구역이 꽤 넓어 보였다.

"햐 ~큰일이네"
요즘 체력이나 발바닥의 인내력을 안다면 다 돌아본다는 것은 끔찍한 사건이었다. 염려를 안고 들어가려니 길가에 전동스쿠터 대여점들이 있지 않은가, 첨 타볼까 생각이 미치면서 마누라에게 우리 저거 타고 돌자고 했다. 한다는 말이 '비쌀낀데' 한다. 아마도 지갑의 잔액을 생각하며 명치가 찡해 있을 것이다. 속으론 '으그' 소리가 비집고 나오는데 겉으론 다정한 척 말을 했다.

"편할 거 같은데 뭘 그래 이리 와봐"

반강제로 마누라의 팔을 끌고 그리로 갔다.

"이거 빌리려면 얼마에요?"

2만원 이구요 1시간 사용하시면 되고요. 충분히 구경할 수 있다는 말을 덧붙인다.

"비싸지도 않네 그치"

중얼거리며 나는 점원이 일러주는 사용설명서를 귀담아 들었다. 2인용 스쿠터에 올라탄다. 삼발이었다. 처음이라 잠깐동안 제대로 움직여지지 않았다. 보기보다 오토바이와 전혀 달라서 원심력이 정 반대였다. 점원이 쫓아와 재차 요령을 알려준다.

아무래도 안 되겠다는 불안한 말질에 저속어가 제멋대로 튀어나올 듯 덜컹거렸다. 100미터쯤 움직였을까 금세 익숙해지며 잘 달리게 되었는데 "이 녀석" 처음에 서먹하다가 시간이 지나갈수록 편안해지던 꼭 내 마누라와 같았다. '그렇지' 처녀적 수줍음과 지금은 달라 거리낌 없고 격 없는 우리의 사이 어깨동무 벗님이니까...

민속 마을은 왠지 어릴 적 우리동네 낯익은 거리처럼 다가왔다. 전생의 기억이 황토 바람처럼 불어오는 듯했다 토담 길 따라 흙냄새가 코속에 날아들었다. 물이 마을을 감싸 휘 돌아간다 하여 하회라고 불렀던가 강 건너 남쪽 일월산의 지맥인 남산이 이어졌고 태백산 지맥인 화산이 마을까지 뻗어 충효당 뒤뜰에서 멈춘다고 한다. 류성룡의 충혼이 기운처럼 가득히 솟아 나오는 곳이었다. 역사의 향내가 우리의 심장 또한 뜨겁게 데워주고 있었다.

스쿠터는 몹시 신이 나 있다. 쎌카봉을 들고서 달리는 중에도 마누라는 사진을 찍는다. 골목골목 누비는데 나의 허리를 꽉 움켜쥐는 팔이 성큼 느껴졌다. 느닷없이 내 몸 속의 하트모양 풍선이 불꽃처럼 연속하여 터지고 있었다. 이러한 시간이 내게 다 생기다니 감격스러운 일이었다. 지나가는 사람들이 인사를 건넨다.

"멋져 보이십니다 부럽습니다"

"네~ 기분 좋습니다"

"행복하세요"

"네~ 고맙습니다 즐거운 시간 되세요"

행복이란 이런 것인가 우연한 기회에 사소한 것으로부터 해일처럼 덮쳐오는 일이던가! 뭉클하였다.

우리는 거리를 누비다 하회 강변길을 따라 달려갔다.

부용대가 병풍처럼 드러난다 만송정 솔숲이 편히 누웠다. 스쿠터를 잠시 길가에 세워놓고 솔숲 강변으로 내려갔다. 하회선유줄불놀이가 펼쳐진다. 선비가 모여들어 불꽃놀이 축제를 하며 부용대에서 시 한 수 지어질 때마다 솔가지를 묶어 던졌다 한다. 낙화의 흥취가 묻어났다. 부용대를 바라보다 나도 시조 한 수 읊조리고 싶어졌다.

"이곳 풍광은 2품이 아니오 역시 정 1품이었다" 라고...

돌아 오는 길에 졸음이 쏟아지고 해서 휴게소에 들린다.

그런데 저 사람들은... 하회마을로 향하던 아침, 하행선 단양휴게소에 머물게 되는데 그곳에서 본 낯선 사람들이 반대편 이곳에 또 와 있지 않은가, 아빠와 딸 둘 같은데 다시 마주치게 되다니 갑자기 뇌리에 스치는 단어가 하나 떠오르고 있었다.

인연이었다.

그렇구나 나와 마누라에게도 인연이 닿았었구나 얼마나 많은 사무침의 이별이 전생을 떠돌았기에 평생을 껌딱지처럼 동행하고 함께 살아오는 것일까 떼어내려고 하면 치즈처럼 길게 늘어나는 천륜이 깃든 있는 건지 없는 건지 숨이 막히게 돼서야 비로소 절실하게 깨닫게 되는 공기의 고마운 존재와 같았다. 높은 뫼 밑자락의 맑은 샘물인가 흙과 암반을 뚫고 새어 나오는 저 깊이의 만남을 아무래도 난 헤아릴 수 없었다.

초판 발행_ 2021. 08. 05
초판 인쇄_ 2021. 08. 25

저   자_ 이 광 범
발행인_ 金 順 熙
편   집_ 제이비디자인
발행처_ 도서출판 제이비
주   소_ 전주시 덕진구 서가재미1길 18-5
전   화_ 063-902-6886
이메일_ jb9428@hanmail.net

ISBN 979-11-969978-6-1
값_ 12,000원